KB193632

루시드 드림

루시드 드림

강은지 장편소설

창비

차
례

_____

균열

2028. 9. 1.

정말 미쳐 버릴 것 같아. 엄마는 대체 어디다 정신을 두고 사는 거야? 오늘은 가스레인지에 냄비를 올려놓고 잠든 거 있지? 강석이가 조금만 늦게 들어왔어도 불이 났을 거야. 이미 연기가 가득했대. 근데 엄마는 그게 내 잘못이래. 내가 집에 붙어 있지 않아서, 자기를 보살피지 않아서 그런 거래. 웃기지도 않아. 내가 왜 엄마를 보살펴야 해?

짜증 나. 시간이 빨리 지나갔으면 좋겠어. 이제 이 년만 버티면 돼. 이 년 뒤엔 나도 스무 살이야. 최대한 멀리 갈 거야. 부산도 좋겠지. 강석이는 서울로 갈 것 같아. 뭐, 맨날 1등이니까 어디든 골라 가겠지. 벌써부터 비교당할 생각에 숨 막혀. 이럴 땐 아빠가 너무 보고 싶어. 아빤 무조건 내 편을 들어 줬을 텐데. 보고 싶다. 너무너무 보고 싶어.

2028. 9. 6.

오늘은 개교기념일. 강석이는 스터디 카페 가서 하루 종일 공부할 테고, 엄마는 또 하루 종일 누워서 이거 해라, 저거 해라 잔소리할 텐데 집에 있을 순 없잖아? 그래서 집을 나왔지. 근데 갈 데가 없는 거야. 홍주는 도서관 갔고, 윤서는 부모님이랑 놀러 갔대. 부러워. 딸 학교 개교기념일에 맞춰서 휴가를 쓰는 부모님이라니. 우리 집에선 상상도 못 할 일이야. 엄마는 또 일을 쉬어. 모아 둔 돈이 얼마길래 맨날 쉬는지 모르겠어. 오늘은 정말 아빠가 옆에 있었으면 좋겠어. 엄마가 그래도 아빠 말은 들었던 것 같은데. 진짜 진짜 짜증 나는 하루.

2028. 9. 15.

며칠 내내 아팠어. 너무 아파서 병원에 갔는데 입원할 정도는 아니래. 억울해. 열여덟 살 인생 통틀어서 제일 아팠는데. 아프니까 아빠 생각이 많이 났어. 아빤 의사잖아. 어렸을 때 아프면 아빠가 다 치료해 줬었는데…… 강석이가 야자도 빼고 집에 와서 돌봐 줬어. 집에서 내내 잠만 자는 엄마도 있는데 강석이가 또. 난 강석이가 문제라고 생각해. 옛날엔 대단하다고 생각했는데, 지금은 멍청하다고 생각해. 난 절대 엄마 같은 어른이 되지 않을 거야. 갑자기 슬프다. 아빠가 어떤 어른이었는지 생각 안 나. 아빠 잘 지내? 아빠 어떤 어른이 됐어? 최소한 엄마보단 나은 사람이길 바라. 당연하겠지만.

2028. 10. 9.

난 쉬는 날이 싫어. 도대체 왜 한글 만든 날을 기념하는 거야? 국어보다 영어를 더 열심히 가르치고 있으면서. 요즘 홍주 스트레스가 장난 아니야. 이번에 송주 언니가 또 상을 받았거든. 잘난 언니를 두고 사는 건 참 힘든 일이야. 홍주네 부모님은 홍주한테 아무 말도 안 한대. 근데 홍주는 그게 죽도록 싫대. 자기한텐 아무 기대도 안 하는 거 같아서. 난 엄마가 나한테 신경 안 쓰는 거 좋아. 강석이한텐 미안하지만 엄마가 나한테 아무 기대도 하지 않고 걔한테만 매달리는 거 좋아. 계속 이렇게 남처럼 지내는 거, 좋아.

2029. 1. 12.

아빠, 괜찮아? 요즘 어른들이 이상해. 며칠 전부터 어른들이 실종됐는데, 실종된 게 아니라 잠이 든 거래. 그냥 선 채로 잠들었대. 점점 늘어나고 있대. 아빠 어때? 걱정돼. 이럴 땐 아빠가 나타났으면 좋겠어. 거짓말처럼 눈앞에.

2029. 2. 5.

이상해, 이상해. 홍주네 부모님도, 윤서네 부모님도 모두 잠들었어. 사람들이 길거리에서 잠든 사람을 옮기려고 했는데, 발작하고 죽어 버렸대. 억지로 깨우면 안 된다면서 무슨 장치를 달아 주고 있어. TV에서 그러는데, 잠드는 게 우울증 때문이래. 무슨 바이러스라더라……. 옮는 건 아니래. 근데 아무도 안 믿어. 지금은 아무것도 믿을 수가 없어. 학교도 쉬어. 선생님들도 대부분 잠들었어. 가게도 다 문을 닫았어. 어제는 사람들이 마트에 무단 침입했는데 마트에 사람이 없어서 다 털렸대. 우리도 갔어야 했을까? 근데 왜 엄마는 잠들지 않지?

2029. 3. 10.

아빠, 사람들이 많이 죽었대. 잠든 사람은 늘어나는데, 생명 유지 장치가 부족해서 기계가 없는 사람은 죽는대. 그것 때문에 어제 시위도 했어. 밖에 나갈 수도 없어. 엄마는 아무렇지 않아 해. 엄마는 꼭 잠들지 않고 죽은 사람 같아.

2029. 3. 18.

시위가 멈췄어. 시위를 하던 사람들도 다 잠들었어. 며칠 안 돼서 전기도, 핸드폰도 다 안 될 거래. 도대체 무슨 일일까. 내가 꿈을 꾸고 있는 걸까? 남은 어른들이 모여서 생명 유지 장치를 대량 생산하고 있대. 어른들이 우리한테 유지 장치 사용법을 알려 줬어. 곧 다 끝날 거라고 하는데, 왠지 나는 이제 시작인 것 같아.

2029. 3. 25.

엄마가 잠들었어. 아빠는 어때? 대체 어디에 있어?

2029. 4. 1.

동네 어른들이 모두 잠들었어. 나아질 기미가 안 보이니까 다들 꿈속으로 도망친 거야. 잠든 사람들은 모두 웃고 있어. 화가 나. 우린 왜 잠들지 않지. 할 수만 있으면 우리도 차라리 잠들고 싶어. 뭐든 지금보단 낫겠지. 우린 모두 버려졌어. 아빤 어디에 있어? 아빠도 꿈속에 있어?

꿈 바이러스

　강석은 점심때가 다 되도록 일어나지 않았다. 강석이 늦잠을 자는 건 드문 일이었다. 밤새 내린 비 때문이었다. 윤서의 부모님이 도로 위에서 잠든 탓에 비를 막아야 했다. 윤서가 자기 엄마를 맡고 강석이 아빠를 맡았다. 잠들었다고 해서 병에 걸리지 않는 건 아니었다. 깨어 있을 때보다 신경 쓸 게 많았다.

　많은 사람들이 길을 걷다가 잠들었다. 횡단보도 위에서, 버스 정거장에서, 학교 앞에서. 의사들은 의식 불명이 아닌 수면, 그것도 숙면이라고 했다. 이 믿을 수 없는 사태가 어떤 변종 바이러스 때문이라는데, 그 어떤 바이러스를 제대로 밝히기 전에 연구원들이 먼저 잠들었다. 잠든 사람들은 대부분 성인이었다. 사람들은 변종 바이러스를 '꿈 바이러스'라고 불렀다. 꿈의 세계에 갇혀 지독하게 행복한 꿈을 꾸고 있는 거라고 했다. 운이 좋으면 집에서, 운이 나

쓰면 길 한가운데에 멈춰 언제 깨어날지 모를 잠을 자기 시작했다. 그런 의미에서 엄마는 운이 좋았다. 엄마는 침대에서 잠이 들었다.

꿈 바이러스가 우울감과 관련 있다고 했을 때, 나는 엄마가 잠들거란 걸 알았다. 오히려 제일 먼저 잠들지 않은 게 의문이었다. 하루의 대부분을 침대에서 보냈으니, 침대에서 잠든 건 어쩌면 당연한 일이었다.

오후가 되어서야 강석이 일어났다. 깊게 자지는 못한 건지 눈이 충혈되어 있었다. 강석은 일어나자마자 엄마에게 갔다. 곤히 잠들어 있는 엄마를 깨우지 않으려는 듯 조심스럽게 새 이불을 꺼내 갔다. 창문 틈으로 빛이 들어왔다. 강석은 커튼을 반쯤 열어 두고 방문을 조용히 닫았다.

"누가 보면 깰까 봐 그러는 줄 알겠어."

"옷이나 입어."

난 강석의 아침 루틴이 마음에 들지 않았다. 매일 아침 엄마의 숨을 확인하는 것도, 밤사이 수액이 얼마나 들어갔는지 확인하는 것도. 물론 가장 마음에 들지 않는 건 엄마의 평온함이었다. 더 이상 바랄 것도 없다는 듯 평온한 얼굴. 가끔 참을 수 없이 화가 났다. 엄마는 꼭 썩지 않는 시체 같았다. 잠들기 전에도 그랬다.

즉석식품을 챙겨 윤서에게 갔다. 윤서는 서로 조금 떨어져 잠든 부모님 곁에 텐트를 치고 지냈다. 집에선 부모님이 보이지 않았고, 요즘 부쩍 약탈자가 수면자의 옷이나 신발을 훔쳐 가거나 수액을 빼앗아 가는 일이 늘어나고 있기 때문에 잠시라도 한눈을 팔 수 없었다.

"괜찮아?"

윤서의 얼굴이 푸석했다. 거의 매일 보는데도 난 늘 윤서의 안부를 확인했다. 괜찮지 않다는 걸 알면서도 물었고, 윤서도 매번 괜찮지 않지만 괜찮다고 답했다.

"강석이 도와줘서 살았어. 비가 얼마나 오던지. 하마터면……."

윤서가 말끝을 흐렸다. 며칠 새 윤서의 얼굴이 더 흐려졌다. 남겨진 사람들에게는 감당할 수 없는 순간이 있다. 그런 순간이 점점 많아지고 있었다.

"아이씨, 그러니까 왜 애를 한 명만 낳아. 둘은 낳아야 하나씩 맡을 거 아니야. 자기들은 둘이서 나 키웠으면서."

"우리가 하나잖아."

내 말에 윤서가 입을 다물었다. 돌볼 사람이 하나인 강석과 내가 윤서를 도왔다. 윤서가 주로 엄마를 챙기고 나랑 강석이 돌아가면서 윤서의 아빠를 챙겼다. 그것도 어려울 땐 함께 식량을 구하는 사람들이 돌아가면서 서로의 가족을 챙겼다. 잠든 사람들은 넘쳐 나는데, 돌봐 줄 사람은 턱없이 부족했다.

윤서의 부모님은 다정한 분들이셨다. 윤서를 사랑했고 윤서도 부모님을 사랑했다. 내가 상상해 온 가장 이상적인 가족이었다. 꿈 바이러스가 우울감과 관련 있다고 발표됐을 때, 나는 잠든 엄마를 이해했고 잠든 윤서의 부모님을 이해하지 못했다.

"깨어나면 엄청 고마워하실 거야."

깨어나면. 깨어 있는 모두가 잠든 사람들이 깨어나길 바라고 있다. 그러나 아직 아무도 깨어나지 않았다. 지금은 '아직'이라는 희망이 있지만 희망은 물에 젖은 솜사탕처럼 일순간 사라지고 만다.

사실, 모두가 깨어나길 바라는 건 아니다. 많은 자식들이 수면자가 된 부모를 돌보고 있지만 그러지 않는 자식들도 있다. 자식들은 부모를 버렸고, 버림받은 부모는 죽었다. 그러나 누가 먼저 버린 건지는 명확하지 않다.

"가서 좀 자. 이거 가져가서 먹고."

챙겨 온 즉석식품을 윤서에게 건넸다. 윤서는 대답 없이 웃기만 했다. 미안해하지 않아도 되는데, 윤서는 그게 힘든 것 같았다.

"……고마워. 오랜만에 푹 자고 싶긴 했어."

예전과 달리 윤서가 마음을 놓았다. 그만큼 힘에 부치는 게 틀림없었다.

"아, 푹 자고 싶다는 거지, 꿈의 세계까지 가겠다는 말은 아니야."

윤서가 웃었다. 윤서 정도나 되니까 이런 상황에서 저런 농담을 할 수 있는 거다.

강석과 함께 동준에게 갔다. 동준은 해길고등학교에선 첫 번째 미성년자 수면자였다. 사람들이 잠들기 시작한 지 벌써 열 달이 넘었지만 미성년자가 잠드는 건 드문 일이었다. 사람들은 미성년자에겐 바이러스 항체가 있을 것이라고 짐작했다. 그러나 시간이 지날수록 아니라는 게 드러났다.

동준은 강석과 1학년 때 같은 반이었다. 친한 사이는 아니었다고 한다. 모두와 두루두루 잘 지냈던 강석이 딱 잘라 친하지 않았다고 말한 건 의외였다.

"안 친하다면서 왜 가?"

"걔, 형제 없어."

그러니까 왜. 돌봐 줄 사람이 없는 게 친하지도 않은 자기랑 무슨 상관이라고. 가끔 나는 강석을 이해할 수 없었다. 모두에게 다정한 강석과 그렇지 않은 나. 우린 달라도 너무 달랐다. 나는 아빠를 기다렸고, 강석은 그러지 않았다. 매사 긍정적인 인간이 그럴 때면 또 칼 같았다.

학교에서도 강석과 나는 달랐다. 해길고등학교에 수석으로 입학한 최강석이 탁월한 성적과 부드러운 리더십으로 주목받을 때, 쌍둥이지만 전혀 다른 나에게도 시선이 집중됐다. 나도 성적이 나쁘지 않았음에도 1등인 강석과 비교되기 일쑤였다. 사람들은 우리를

'최강남매'라고 불렀다. '최강'이란 말엔 엄청난 거리가 있었는데, 오빠 강석은 최강 완벽남이었고 나는 최강 싸가지였다.

학교 앞 큰길에는 수면자가 많았다. 2학년 1반 담임 선생님과 보건 선생님도 그곳에서 잠들었다. 학교에 남은 선생님은 없었다. 학교에 가는 학생도 없었다. 학교는 문을 닫았다. 그런데 동준은 왜 교문 앞에서 잠들었을까?

교문에 다다랐을 때, 강석이 멈춰 섰다. 강석이 급히 내 몸을 돌려세웠지만 나는 이미 벌거벗은 동준을 본 뒤였다. 약탈자의 짓은 아닐 것이다. 동준은 누군가의 악의에 의해 벌거벗겨진 거다.

동준은 해길고에서 유명한 왕따였다. 질 나쁜 무리에게 지독한 괴롭힘을 당하면서도 상위권 성적을 유지하는 바람에 다들 괜찮은 줄 알았다고 한다. 사실 귀찮았던 거다. 친구들이고 선생님이고 동준이 스스로 해결하길 바랐던 거다. 그렇게 동준은 해길고에서 꿈의 세계로 간 첫 번째 학생이 되었다.

강석은 주변에 널브러진 동준의 옷을 다시 입혀 주고 근처 편의점에서 구해 온 파라솔을 세워 두었다. 요즘 비가 자주 내려 가림막이 필요했다. 강석은 보건소에서 챙겨 온 새 수액을 능숙하게 연결했다. 어느새 강석은 생명 유지 장치를 달고, 수액을 놓거나 교체하는 데 달인이 되었다. 처음엔 다들 유지 장치 교육 듣는 걸 귀찮아했다. 모든 게 금방 지나갈 거라고 생각했다.

"미친놈들."

동준의 이야기를 들은 윤서가 이를 갈았다.

"왜 그렇게 못 잡아먹어 안달이래? 지금이 어떤 세상인데. 서로 돕고 살지는 못할망정."

"그러니까 미친놈들이지."

미쳐 버린 건 세상이 먼저일까, 사람이 먼저일까? 뭐가 됐든, 미친 세상에선 우리도 미쳐야 했다.

깨어 있는 사람들은 범죄를 서슴지 않았다. 자신의 배를 채우기 위해 남의 것을 빼앗았다. 어떤 미친놈들은 홀로 잠든 수면자의 유지 장치를 망가트려 놓기도 했다. 화가 난 사람들이 늘었다. 그러나 그들을 말릴 사람은 아무도 없었다.

처음 서너 달은 질서가 있었던 것도 같다. 아직 잠들지 않은 어른들이 많았고, 아이들은 어른들의 말을 들었다. 마트도 문을 열었고 식품 공장도 돌아갔다. 그러나 질서는 점차 무너졌다. 사람들 사이에 서열이 생겼고 힘없는 사람은 음식을 구하기 힘들어졌다. 심지어 생명 유지 수액마저도.

정부는 더 이상 일을 하지 않았다. 몇몇 깨어 있는 어른들이 모여 수액을 만들고 배급하는 등 정부가 할 일을 대신하고 있지만 그들도 '아직' 잠들지 않은 상태일 뿐이었다.

꿈 바이러스가 퍼지고 미친 사람들이 많아졌지만, 최소한의 질서를 지키려는 사람들도 있었다. 부모님들이 꿈의 세계로 간 후, 지켜야 할 가족이 있는 아이들은 강석의 주도로 무리를 지었다. 함께 음식을 구했고, 함께 약탈자를 막았다. 빼앗기지 않기 위해선 힘을 모아야 했다. 다른 동네의 사정은 잘 모르지만 그래도 우리 동네는 남겨진 사람들의 노력으로 그나마 사람 사는 동네다웠다. 우린 예전처럼 쓰레기 버리는 날을 정했고, 길거리에 함부로 쓰레기를 버리지 않았다. 방범대를 꾸려 치안을 유지했고, 함께 구한 식량과 생필품을 공평하게 배분했다.

"괜히 나서지 마. 동준이랑 친하지도 않았다면서."

강석은 작은 일도 쉽게 지나치지 않는 사람이었다. 다른 사람을 위해 기꺼이 나서는 사람이었다. 그러나 그런 선함은 세상이 평화로울 때나 가치 있는 법이다. 지금 세상에서 이타적인 마음은 생존의 발목을 잡을 뿐이다.

"노력해 볼게."

강석의 시원찮은 대답에 속이 다 터질 것 같다. 사람을 돕지 않는 것에 대체 무슨 노력이 필요한 걸까. 이따금 강석을 이해할 수 없었는데, 요즘은 자주 그렇다.

"슬슬 애들이랑 음식을 구해야 할 것 같아. 이번엔 멀리 갈 거야."

강석이 말했다. 전에 봐 두었던 가공식품 공장이 동네에서 차로 한 시간 정도 떨어진 곳에 있다고 했다. 강석과 함께 음식을 구하는 사람들은 매주 일요일 오후 5시에 모여 회의를 한다. 더 이상 핸드

폰이 작동되지 않아 시간을 정해 두었다.

　사람들은 함께한다는 것에 안정감을 느꼈다. 혼자보단 둘이 나
았고, 둘보단 셋, 셋보단 여럿이 나았다. 그러나 여럿이 모여 좋은
일만 하는 건 아니었다. 마트를 털 때, 다른 사람의 것을 약탈할 때,
자신을 우습게 본 사람을 위협할 때 함께했다. 나를 지키기 위해 남
을 깔아뭉개는 것이 더 이상 죄가 되지 않는 세상이었다.

우 리 가 잃 은 것 은

5시가 되고 해길고등학교 체육관에서 강석과 함께 사람들을 기다렸다. 여럿이 몰려다니면 약탈자의 표적이 될 수 있었다. 우린 해길고 체육관을 비밀 접선 장소로 사용했다. 수면자가 늘어날수록 더 조심스러워졌다.

제일 먼저 도착한 건 준영이었다. 준영은 강석이 유일하게 집에 데려왔던 친구였다. 그 뒤로 찬미, 동혁, 홍주와 송주 언니가 도착했다. 윤서는 부모님을 지키느라 오지 못했다.

"잘 지냈어?"

홍주가 내 옆에 붙어 앉았다. 전에 봤을 때보다 살이 좀 빠진 것 같았지만 얼굴은 좋아 보였다.

나와 홍주, 윤서는 절친한 친구다. 같은 중학교를 졸업하고 해길고에 입학했다. 하루 종일 함께 있자고 설레발쳤었는데, 아쉽게도 같은 반이 된 적은 한 번도 없었다. 그래도 우린 멀어지지 않았다. 함께 점심을 먹고 잠깐 시간이 생기면 모였다. 세상이 요지경이 되고 난 후에도 서로의 안부를 물으며 연락했다.

송주 언니와 남자애들이 식량을 찾으러 내일 새벽에 떠나기로 했다. 강석이 모인 사람들을 바라보며 말했다.

"이번엔 좀 멀어서 차를 타고 가야 해. 우리 도착할 때쯤 와 줘. 짐이 많을 거야."

찬미가 고개를 끄덕였다. 차는 눈에 띄어서 되도록 사용하지 않았지만 이번엔 어쩔 수 없었다. 송주 언니는 열아홉 살 생일이 지나자마자 면허를 땄다. 준영 아빠의 자동차 덕분에 우린 먼 곳에서 음식을 구해 올 수 있었다. 송주 언니의 운전 솜씨는 날로 좋아졌다. 도로의 시체들이 정리된 게 한몫했다.

약속 시간이 다가온 새벽, 강석이 일찍 일어나 엄마의 수액을 살폈다. 밖은 아직 캄캄했다. 전기가 들어오지 않아 세상은 암흑 그 자체였다. 생명 유지 장치가 전기로 작동되는 거였다면 수면자들은 모두 죽었을 것이다. 다행히 정부에서 배포한 배터리는 전기 없이 사용이 가능했다. 하지만 넉넉했던 배터리도 바닥을 보이기 시작했다. 열 달이란 시간은 결코 짧지 않았다.

"윤서랑 있어 줘."

엄마의 수액을 살피던 강석이 말했다. 윤서의 부모님을 생각하면 엄마가 집에서 잠든 게 정말 다행이었다. 매일 집에만 있는 엄마에게 제발 나가라고, 제발 움직이라고 소리쳤던 기억이 난다. 지금만큼은 엄마가 내 말을 듣지 않아 다행이라고 생각한다.

사람들이 출발한 뒤 나는 보온병에 따뜻한 물을 담고 컵라면을 챙겨 윤서에게 갔다. 부엌 가스는 끊겼고 휴대용 버너에 물을 데웠다. 그동안 라면이란 라면은 다 먹어 본 것 같다. 질릴 만큼 질린 라면이지만 배가 고프면 기호가 사라졌다. 이제는 따뜻하고 허기가 가시기만 하면 그만이었다.

윤서는 텐트 밖에 다리를 내놓고 앉아 있었다. 제법 추워진 날씨 탓에 코가 빨갰다.

"좀 잘래? 이따 찬미가 데리러 온대."

컵라면을 먹고 나니 윤서의 눈이 반쯤 감겨 있었다. 하루 종일 부모님을 지켜야 하는 건 힘든 일이었다. 지켜만 봐야 한다는 점이 우리를 더 무기력하게 했다. 윤서는 버텨 보려는 듯 눈에 힘을 주었지만 이내 내 어깨에 기대 눈을 감았다. 집에서 가져온 담요를 어깨에 둘러 주었다.

"너랑 강석이 없었으면 어땠을까?"

윤서의 목소리가 잠에 취해 있었다.

"가끔, 다 꿈 같아. 엄마 아빠가 꿈속에 있는 게 아니라 우리가 악몽을 꾸고 있는 것 같아……."

윤서의 숨소리가 커졌다. 나는 윤서를 눕히고 담요를 목까지 덮어 주었다. 텐트 바닥에서 한기가 느껴졌지만 윤서는 오랜만에 편안해 보였다. 나는 텐트에서 나와 기지개를 켰다. 입김이 나올 정도로 쌀쌀해진 날씨인데도 윤서의 엄마는 전혀 추워 보이지 않았다.

"도대체 무슨 꿈을 꾸고 계신 거예요."

얼마나 좋은 꿈이길래 불러도 대답하지 않고, 하나뿐인 딸이 기다리는데도 일어나지 않는 거예요. 우리 엄마는 그럴 만한 사람이지만, 아줌마는 아니잖아요. 아줌마는 여기서도 충분히 행복할 수 있잖아요. 윤서가 뒤척였다. 윤서는 꿈에서도 부모님을 지키고 있는 것 같았다.

*

음식을 구하러 간 이들이 돌아올 시간에 맞춰 찬미가 왔다. 강석이 출발한 지 벌써 열일곱 시간이 지나 있었다.

"가자, 애들아."

밤이 깊었고 도로가 조용했다. 윤서는 다른 친구에게 부모님을 부탁하고 따라붙었다. 우린 찬미가 나눠 준 빈 배낭을 메고 동네에서 조금 떨어진 약속 장소로 향했다. 눈에 띌까 봐 플래시도 끄고 한 걸음, 한 걸음 조심스럽게 걸었다. 바닥이 발을 잡고 있는 듯 무거웠다. 작은 소리 하나에도 온몸이 움츠러들었다.

"조금만 더 가면 돼."

찬미가 우릴 안심시켰다. 보통 찬미는 식량을 구하러 나가는 쪽이었고 나와 홍주, 윤서가 동네에 남아 잠든 사람을 지켰다. 이번엔 찬미가 동네에 남아 안내자 역할을 톡톡히 했다. 나와 동갑인데도 찬미는 꼭 다섯 살 많은 언니 같았다.

찬미는 해길고에서 처음 알게 됐다. 모두의 인기남인 강석이 여자 친구를 사귀지 않는 이유가 황찬미 때문이라는 소문이 있었다. 찬미는 강석과 한 반이었고, 나란히 부반장과 반장이었으며 같은 방송부였다. 다들 언젠가 찬미가 강석에게 고백할 거라고 했다. 황찬미는 최강석을 좋아하고, 눈치 없는 최강석은 그런 황찬미의 마음을 알아채지 못하고 있는 것뿐이라고. 둘이 사귀는 건 시간문제라고. 하지만 그건 최강석을 잘 모르는 사람들의 생각이었다. 강석의 눈치가 얼마나 빠른지 알게 되면 다들 소름 끼쳐 할 거다. 강석은 이미 찬미의 마음을 알고 있다. 그냥 모르는 척하는 거다. 그게 편하니까. 강석은 남의 일엔 그렇게 지극정성이면서 자기 일엔 무덤덤했다.

"안 피곤해?"

약속 장소에 도착한 후 찬미가 말했다.

"아까 좀 잤어. 너는?"

아까보다 쌩쌩해진 윤서가 말했다.

"나도. 원래대로면 우리 고3이었잖아. 고3이 힘들까, 지금이 힘들까?"

찬미가 웃었다. 원래대로라면 수능이 얼마 남지 않았을 때였다. 하지만 우린 더 이상 학생이 아니었다. 처음 몇 개월은 학교에 갔다. 사람들은 이 사태가 몇 달 안에, 길어 봐야 일 년 안에 끝날 거라고 했다. 고작 잠든 게 뭐 대수라고. 깨우면 그만이지. 깨어 있는 사람들은 결코 자신은 잠들지 않을 거라고 확신했다. 그러나 시간은 열 달이 흘러가고 있었고 모든 예상은 빗나갔다.

"찬미 너 언니 있댔지? 부럽다. 그럼 언니가 부모님 지키고 있는 거야?"

윤서가 물었다. 윤서는 무서운 적막을 깨 보려는 듯했다. 강석 일행이 돌아올 기미가 보이지 않았다.

"……아니. 언니는 집에 혼자 있어."

"부모님은?"

둘의 대화가 어딘가 어긋나고 있는 걸 알았지만 말릴 수 없었다. 윤서는 궁금하면 꼭 대답을 듣고 마는 애였다. 찬미는 잠시 말을 잃었다가 윤서의 천진한 표정에 졌다는 듯 대답했다.

"부모님은 원래 안 계셔. 어렸을 때 돌아가셨거든. 언니는 집에서 잠들었고."

그제야 윤서가 입을 다물었다. 찬미는 덤덤해 보였다. 만약 강석이 잠들면 난 어떻게 될까? 그 곁을 지킬 수 있을까?

"다행……이네?"

윤서가 고장 난 것처럼 뚝딱거리는 통에 나는 윤서의 옆구리를 찔러 조용히 시켰다.

"집에서 잠들었다는 게 다행이라는 거야. 밖에서 잠드는 것보단 훨씬 안전하니까."

내 말에 찬미가 옅게 웃었다.

"괜찮아. 사람들이 잠드는 게 우울 때문이라고 했잖아? 그래서 놀라지 않았어. 우리 언니는 집에만 오면 울었거든. 어렵게 들어간 회사가 언니랑 안 맞았나 봐. 계속…… 도망치고 싶어 했어. 차라리 잘된 거 맞아. 어쨌든 지금은 웃으면서 자고 있으니까. 좋은 꿈을 꾸고 있는 것 같아."

찬미가 웃었다. 찬미는 정말 어른 같았다. 우리가 이해하지 못하는 걸 이해하는 것만 같았다.

"근데 정말 좋은 꿈을 꾸고 있는 걸까?"

윤서가 말했다. 잠든 사람들은 평온하고 좋은 꿈을 꾸고 있는 아기 같았다. 그러한 모습이 남겨진 사람들을 견딜 수 있게 했다. 깨어나지 않아도 꿈의 세계에서 행복할 거라고, 모자란 행복을 다 채우고 나면 깨어날 거라고, 곁으로 돌아올 거라고. 남겨진 사람은 그렇게 믿는 수밖에 없었다.

"행복한 꿈을 꾸고 있다고 어떻게 확신할 수 있을까."

"……믿는 수밖에 없잖아."

그게 우리가 견딜 수 있는 방법. 남겨진 사람들은 대부분 수면자에게 죄책감을 가지고 있다. 잠들기 전 수면자의 우울을 외면했거나 방치했기 때문이다. 남겨진 사람들은 기다릴 수밖에 없다. 수면자가 좋은 꿈을 꾸고 있다고 그저 믿는 수밖에 없다. 그러나 나는 엄마의 행복을 짐작하지 않는다. 그게 다 무슨 소용일까? 지금 세계에서 예상은 독이다. 예상의 결말은 언제나 희망적이어서 꼭 실망하고 만다. 기대했던 것보다 딱 두 배만큼 실망하고 절망은 제곱이 된다.

약속 장소에 도착한 지 한참이 지나서야 식량을 구한 이들이 돌아왔다. 일행이 찾은 식량은 챙겨 간 배낭 세 개를 꽉꽉 채우고도 남는 양이었다. 그러나 부상자가 있었다. 약탈자들이 우리 차를 발견한 것이다. 애써 구한 음식을 빼앗기지 않기 위해 모두 전투태세를 갖춰 공격했다. 최선의 방어는 선제공격이었다. 그러나 약탈자들도 만만치 않았다. 그들은 열 명이 넘었고 무기도 가지고 있었다. 약탈자들의 첫 번째 표적은 운전석에 있던 송주 언니였다. 송주 언니에게 달려드는 약탈자를 막느라 준영이 머리를 다쳤고 갑작스러운 상황에 모두가 당황했다. 야구 방망이를 휘둘러 약탈자들을 떨어뜨리고 나서야 겨우 도망칠 수 있었다고 한다.

"누가 따라붙었어. 식품 창고 찾아내느라 얼마나 고생했는데…… 미친놈들, 양심도 없지."

동혁이 이를 갈았다. 급한 대로 우리 집에서 준영을 치료했다. 상처를 만질 때마다 준영의 얼굴이 일그러졌다.

"언닌 괜찮아요?"

준영의 상처를 소독하는 송주 언니의 왼팔이 부자연스럽게 움직였다. 옷을 걷어 보니 검붉은 멍이 선명했다.

"가드 올리는 게 버릇이라."

송주 언니는 취미로 복싱을 했다. 찬미가 박스를 잘라 단단히 겹쳐서 송주 언니의 팔 밑에 대었다. 송주 언니는 갑자기 밀려오는 고통에 입술을 꽉 깨물었다.

"목에 걸 만한 게 없을까? 줄이나 천 같은 거."

찬미가 붕대를 감으며 말했다. 나는 재빠르게 엄마가 잠든 방문을 열었다. 소란스러운 와중에도 엄마는 잘만 잤다. 화장대 옆 서랍에 가득 찬 스카프들 가운데 가장 큰 걸 꺼냈다. 엄마가 제일 아끼던 값비싼 스카프였다. 나는 조용히 방을 빠져나왔다. 이럴 땐 꼭 엄마가 깨어날 것만 같았다.

다친 사람은 더 없었다. 다행히 상황이 잘 마무리된 것 같았다. 준영은 응급 처치 직후 잠이 들었고, 송주 언니는 소파에 앉아 숨을 골랐다. 다만 강석의 표정이 이상했다. 묘한 분위기 때문에 왠지 말을 꺼낼 수 없었다.

"그래도 이만하길 다행이에요."

분위기를 살피던 윤서가 말했다.

"음식도 구했고, 다들 무사하잖아요."

윤서의 말에도 아무 대답이 없었다. 송주 언니가 뭔가 말하려는 듯 입술을 달싹이다가 침묵을 지켰다. 위험한 일들이 많았던 게 분명했다. 음식을 구하러 다녀온 아이들은 왠지 모두 불안해 보였다.

"야, 됐어. 우리만 괜찮으면 된 거야. 다들 집에 가자. 좀 쉬자."

어색한 분위기를 참지 못한 동혁이 벌떡 일어섰다. 동혁의 얼굴엔 피곤이 가득했다. 꼬박 하루를 깨어 있는 중이었다. 동혁의 말에 송주 언니가 일어났다. 찬미와 윤서도 갈 준비를 했다. 준영은 깨우지 않기로 했다.

"……혹시 모르니까 문단속 잘 해."

송주 언니가 돌아가기 전에 내게 말했다. 집은 금세 고요해졌다. 윤서의 말대로 오늘은 무사했지만 내일은 아닐지도 모른다. 위험을 무릅쓰는 일이 많아질 테고, 때론 정말 위험해질지도 모른다. 어른들이 잠들었고 깨어 있는 어른들은 우릴 보호하지 않는다. 우린 언제까지 이 위험을 견뎌야 할까? 우리가 얼른 어른이 되어 스스로를 지키는 수밖에 없는 걸까? 우리가 어른이 될 수 있을까? 도대체 어른은 뭘까? 머리가 무거워졌다. 잠이라도 자서 복잡한 생각을 날려 버리고 싶다. 그래서 사람들도 잠든 걸까? 아무것도 생각하지 않아도 돼서. 모든 걸 내일로 미룰 수 있어서. 어떤 책임도 질 필요가 없어서.

*

　다음 날 준영은 저녁이 다 되어서야 일어났다. 여전히 머리가 아프지만 견디지 못할 정도는 아니라고 했다.

　"나을 때까지 우리랑 같이 지내야 할 것 같아."

　강석이 말했다. 준영이 우리 집에서 지내는 동안 아이들이 돌아가며 준영의 부모님을 돌봐 주기로 했다. 준영은 피를 많이 흘린 것치곤 멀쩡해 보였지만 아직 자유롭게 움직이는 건 힘들어 보였다.

　"신세 좀 질게."

　준영이 웃으며 말했다.

　"근데 무슨 일 더 있었지?"

　준영의 미소가 살짝 굳어졌지만 이내 다시 돌아왔다.

　"내 머리 깨졌잖아."

　내 물음에 준영이 머리를 가리키며 아무것도 모른다는 듯 굴었다. 준영은 예전부터 능글맞은 구석이 있었다. 강석과는 여러모로 다른 사람이었다.

　"이따가 애들 모인다고 했으니까 네가 가서 음식 챙겨 와 줘. 강석인 몸이 안 좋은가 봐. 내 건 아지트에 둔다고 했으니까 신경 안써도 되고."

　준영의 말대로 강석은 컨디션이 좋지 않았다. 밥을 잘 먹지도 못하고 열도 났다. 몸이 한계에 다다른 것 같았다.

음식을 구해 올 때면 사람들이 종종 찾아오곤 했다. 처음엔 음식을 좀 나눠 줄 수 없겠느냐고 부탁을 했는데, 이제는 당연한 듯 요구했다. 우리도 처음엔 음식을 나눠 줬다. 상황이 상황인 만큼 서로 돕고자 하는 마음에서였다. 하지만 시간이 지날수록, 먹을 것이 부족하고 스스로를 지키는 게 버거워질수록 나눔을 신경 쓸 수 없었다. 찾아오는 이들이 우리보다 어린 아이들이어도 어쩔 수 없었다. 우리에겐 지킬 것이 있었고 지키기 위해선 냉정해져야 했다. 음식을 구하는 과정에서 약탈자를 공격하고 다치게 할 때도 있었지만 모든 일은 어쩔 수 없는 일이 됐다. 누군가를 외면하는 일도, 누군가를 해하는 일도 모두 어쩔 수 없는 일이었다.

준영과 강석이 낮잠에 빠진 시간, 집은 아무도 없는 것처럼 고요하다. 간간이 들려오는 작은 숨소리에 때론 평온함까지 느껴진다. 하지만 평온함은 내게 늘 더 큰 불안을 불러일으킨다. 지금의 평온이 두렵다. 준영의 상처와 강석의 침묵, 질문을 피하는 다른 아이들까지. 세상은 더 위험해지고 있는 것이 분명했다.

쿵쿵쿵.

별안간 누군가 문을 두드렸고, 그 소리에 가장 먼저 반응한 것은 강석이었다. 강석은 용수철처럼 거실로 튀어나와 나에게 조용히 하라고 손짓했다. 방에서 잠을 자던 준영도 조용히 거실로 나왔다. 손에는 침대 옆에 세워 두었던 야구 방망이가 들려 있었다. 이상하리만큼 예민한 반응이었다.

"무슨 일인데?"

"쉿."

강석의 눈이 지나치게 차분했다. 강석은 그날과 비슷한 눈을 하고 있었다.

아빠가 집을 나가던 날.

모든 것이 고요했다. 아빠는 가만히 짐을 챙기고 별다른 인사 없이 집을 나갔다. 강석은 아무 말도 하지 않았고, 나는 아빠가 한 번쯤 꼭 껴안아 주길 바랐던 것 같다. 아빠가 떠나자 집 안은 더 가라앉았다. 강석이 고요해진 것은 그즈음이었다.

다시 쿵쿵쿵쿵.

"내, 내가 확인해 볼게."

긴장한 티가 역력한 준영이 먼저 현관으로 다가갔다.

"내가 나갈게. 강희 좀……."

강석이 준영의 손에서 야구 방망이를 건네받았다. 준영은 군말 없이 빈손으로 내 앞에 섰다. 알 수 없는 긴장감. 꼭 누군가 집에 쳐들어올 것처럼 둘은 예민하게 굴었다. 그동안 우리 집에 약탈자가 침입한 적은 없었다. 도대체 둘은 무엇에 이토록 겁먹은 걸까.

"누구냐고 물어봐."

내가 말하자 준영이 내 입을 막았다. 강석은 내게 조용히 하라고 손짓한 후 천천히 현관으로 다가갔다. 야구 방망이를 들어 올린 채 현관으로 다가가는 모습이 꼭 문을 여는 것이 아니라 문을 부술 사람처럼 보였다. 나는 엄마가 잠든 방을 봤다. 누군가 쳐들어온다면 엄마는 어떻게 될까. 문이 열리면 엄마에게 가야 할까. 내가 엄마를 지킬 수 있을까. 바깥 소리에 집중하느라 멈춰 있던 강석이 별안간 방망이를 내던지고 문을 열었다. 야구 방망이 떨어지는 소리 때문에 하마터면 소리를 지를 뻔했다.

문 앞에는 눈물로 얼굴이 엉망이 된 윤서가 서 있었다.

윤서 아빠의 숨이 잠깐 끊어졌다고 한다. 순식간의 일이었다. 윤서는 어떻게든 혼자 해결해 보려고 했다. 준영의 상처, 심상치 않은 분위기에 자신에게 다가온 불행까지 얹고 싶지 않다는 이유에서였다. 그러나 아저씨의 호흡이 순식간에 거칠어지고 발작이 시작되자 윤서는 다른 것을 생각할 수 없었다. 곧장 우리 집으로 달려와 문을 두드려야 한다는 것 말고는 아무 생각도 나지 않았다고 한다.

강석과 나는 서둘러 윤서의 아빠에게 갔다. 여전히 발작이 이어지고 있었지만 심한 정도는 아니었다. 강석은 침착하게 무엇이 문제인지 살펴보았다. 문제는 생명 유지 장치였다. 유지 장치가 장시간 추운 날씨에 노출되어 멈춘 탓에 발작이 시작된 것이다. 강석은 서둘러 유지 장치의 배터리를 교체했다. 여분의 배터리가 아저씨를 살렸다. 윤서는 아저씨의 호흡이 일정해지자 그 자리에 주저앉았다.

"······미안해."

강석이 먼저 집으로 돌아간 뒤, 윤서는 울음을 멈추자마자 내게 사과했다.

　"뭐가?"

　"내가 너무 대책 없이 찾아간 것 같아. 다들 힘들 텐데……."

　"무슨, 당연히 와야지. 이럴 땐 핸드폰 안 되는 거 진짜 불편하다. 전화 한 번이면 바로 달려왔을 텐데."

　윤서는 고개를 숙였다. 여전히 조금 떨고 있었다. 아저씨는 아무 일도 없었던 것처럼 고른 호흡을 내쉬고 있었다. 나는 수면자의 평온한 웃음을 보면 왠지 화가 난다.

　"잘 해결됐으니 됐어. 서로 돕는 건 당연한 거야."

　어른들이 사라진 후, 우리는 마음이 소란스러웠고 어른들이 영원히 깨어나지 못할 수 있다는 걱정과 두려움 때문에 현실을 직면할 수 없었다. 서로의 도움을 받지 않고서는 하루도 제대로 살아갈 수 없었다.

　"무섭다."

　윤서의 말에 아무 말도 할 수 없었다. 윤서는 단단한 아이였다. 부모님이 길 한복판에서 잠들어 버렸을 때도 윤서는 무너지지 않았다.

　"곧 겨울인데, 두 분이 버틸 수 있을까."

　윤서는 스스로에게 묻고 있었다. 부모님이 겨울을 보내지 못하게 된다면, 윤서는 그 계절을 어떻게 견뎌야 할까. 나는 말없이 윤서의 손을 잡았다. 윤서의 손은 오랫동안 바깥에 있었던 탓에 차갑고 부르터 있었다.

"그래도 우리가 옆에 있다는 걸 잊지 마. ……그러니까 너는 절대 잠들지 마."

"당연한 소릴."

윤서는 조용히 미소 지었다. 곁에 있겠다는 말 말고는 달리 할 수 있는 말이 없었다.

어른들은 꿈의 세계로 떠나 버렸고 남겨진 우리는 많은 것을 잃었다. 당연하게 여겼던 일상, 안락, 평온, 안전, 사랑, 그리고 믿음. 우리는 우리 자신조차도 믿지 못했다. 언제 어디서라도 잠들어 버릴 수 있다는 걸 우린 너무도 잘 알고 있었다. 우리가 잃은 것은 믿음이었다. 우리가 괜찮아질 수 있을 거란 믿음.

약 탈 자 들

집은 여느 때처럼 고요했다. 준영은 다시 잠들었고 강석은 엄마의 얼굴을 닦고 있었다. 좋은 꿈을 꾸는 듯한 엄마의 얼굴에 괜히 심술이 났다.

"뭐 하러 닦아. 밖에 나갈 것도 아닌데."

"엄마가 더러운 걸 얼마나 싫어하는지 몰라?"

엄마는 결벽증이 심했다. 그 점이 나를 조금 더 미치게 했지만 정작 엄마는 내가 자신을 미치게 한다고 했다.

"근데, 정말 별일 없는 거 맞아?"

준영이 머리를 다친 후로 강석의 안색은 점점 더 안 좋아지고 있었다. 잠을 잘 못 자거나 끼니를 거르는 일이, 조금 먹고도 모두 토해 내는 일이 잦았다. 때때로 식은땀을 흘리기도 하고 새벽에 홀로 거실에 나와 앉아 있기도 했다.

"죽을병에 걸렸는데 숨기고 있는 사람 같아."

내 말에 강석이 조금 웃었지만 아무 말도 하지 않았다. 나는 강석이 무슨 문제가 생길 때마다 입을 다무는 습관에 대해서 늘 불만을 토로했었다. 강석은 지독히도 아빠를 닮았다. 뭐든 맘에 들지 않는 것에 불평을 늘어놓는 엄마와 다르게 아빠는 묵묵했다.

"별일 없어. 그냥 감기 때문에 몸이 안 좋아서 그래."

나는 이 정도의 대답으로 만족할 수밖에 없다. 아무리 무거운 고민이라도 나와 나눈다면 조금은 가벼워질 수 있을 텐데. 나는 늘 반이었는데, 강석은 언제나 하나였다. 나는 남은 반을 채우기 위해 노력했지만 강석은 아니었다.

일주일이 지났다. 준영은 어느 정도 몸을 회복한 후 돌아갔고 강석도 조금은 활기를 되찾았다. 식량이 넉넉해진 덕분에 당분간은 멀리 나가는 걸 삼가기로 했다. 동네는 그나마 익숙하고 안전한 편에 속했기 때문에 위험 요소가 적었다. 바깥 상황이 어떻게 돌아가는지 정확히 알 순 없지만 전과 달라졌음은 분명했다. 모든 것이 위협적이었다. 약탈자가 나타나 가진 것을 다 빼앗기고 크게 다쳤다는 소식이, 그러다가 죽게 되었다는 소식이 주변 동네에서 들려오곤 했다.

엄마의 생명 유지 장치 수액이 거의 바닥났다. 수면자가 늘어나면서 정부는 수액을 대량으로 생산했다. 한번 수액을 교체하면 한 달은 버틸 수 있었다. 이제 정부는 작동하지 않지만 깨어 있는 사람들이 계속 수액을 만들고 있다. 우리는 수액이 어떤 성분으로 이루어졌는지 알지 못했지만 매달 수액을 교체해야 했다. 교체를 미루면 수면자가 발작을 일으키거나 영양실조로 사망했다.

"혼자 돌아다니지 말고 홍주랑 같이 있어."

강석은 홍주를 우리 집에 데려다 두고 수액을 가지러 떠났다. 홍주는 졸린 듯 눈을 비볐다.

"피곤해?"

"응. 곧 겨울이라 엄마 아빠 주변 좀 정리하느라. 바람막이를 세워 두고 싶은데 마땅한 게 없어서 한참 돌아다녔어."

홍주는 연신 하품을 하다가 이내 소파에 누워 눈을 감았다.

"넌 좋겠다. 엄마가 집에 있어서."

홍주는 그 말을 끝으로 잠이 들었다. 홍주의 숨소리가 일정해지고 나는 엄마를 생각했다. 엄마는 정말 운이 좋았다. 추운 것도 싫고 더운 건 더 싫어하는 사람이 가장 좋아하는 침대에서 잠들었으니까. 그래서 그런가, 엄마는 좀처럼 깨어날 생각을 하지 않는다. 하지만 한편으론 엄마가 깨어나면 어떨까 싶다. 엄마가 깨어나면 우린 행복할까.

사실 나는 엄마가 깨어나길 바라지 않는다. 엄마는 우리에게 어른으로서의 책임을 지지 않을 것이 분명했다. 또다시 불평불만을 늘어놓을 것이고, 그걸 들어 주지 않는 나를 나무랄 것이다. 그렇다면 엄마가 깨어나는 게 좋은 일일까.

아빠는 달랐던 것 같다. 내가 기억하는 아빠는 꽤나 다정한 사람이었다. 그러나 아빠는 집을 나가고 한 번도 우릴 찾지 않았다. 초등학생 때 하교할 때면 꼭 한 번씩은 뒤를 돌아봤다. 교문에서 날 기다리는 아빠와 엇갈릴까 봐 일부러 걸음을 늦추기도 했다. 하지만 등 뒤에 아빠가 서 있었던 적은 한 번도 없다. 나는 언젠간 아빠가 나를 데리러 올 거라고 믿었다. 사실은 지금도 여전히, 어쩌면 그럴 수 있을지도 모른다고 생각한다.

*

비상사태다.

수액 보관소로 사용하던 도서관을 약탈자가 점령했다. 약탈자들은 무기를 들고 위협하며 식량을 요구했다. 식량을 가져오면 수액을 준다고 했다. 그들의 말도 안 되는 요구에 사람들은 빈손으로 돌아올 수밖에 없었다.

"미친놈들. 사람 목숨 갖고 거래를 할 일이야?"

송주 언니가 이를 갈았다. 남아 있는 수액이 넉넉하지 않았다. 우리 집엔 네 개, 윤서에겐 두 개, 찬미와 송주 언니, 동혁에겐 각각 세 개가 남아 있었다.

"이제 어떡할까? 당장 식량과 수액을 바꾼다고 해도 문제야. 앞으로 수액은 계속 필요할 텐데, 그때마다 음식을 내줄 순 없어."

"준영이 말이 맞아. 음식 구하기도 점점 어려워지고, 솔직히 우리가 먹을 것도 부족해. 지금 당장보다는 먼 미래를 생각해야 해."

송주 언니가 말했다. 하지만 윤서의 부모님은 당장 수액을 교체해야 했고 수액은 한 달을 넘기지 못할 것이다.

"그래도 당장 수액은 필요해요. 겨우 한 달밖에 못 버틴다고요."

"알아. 하지만 식량을 가져다주면? 우린 또 밖으로 나가야 해. 또 그런 일을 겪을 순……."

"일단 더 생각해 봐요. 송주 누나, 아지트에 보관해 둔 식량이 얼마큼인지 확인하고 다시 얘기해요."

송주 언니의 말을 강석이 잘랐다.

"……알았어. 그럼 내일 다시 모여서 얘기해."

송주 언니는 겉옷을 챙겨 입고 먼저 집으로 돌아갔다.

"일단 두 개 가져가."

강석이 윤서에게 수액 두 개를 건넸다. 우리 집과 찬미네를 빼곤 모두 한 달에 두 개씩 수액이 필요했다. 윤서의 얼굴이 어두웠다.

"미안해."

윤서가 수액을 받아 들며 말했다. 윤서의 눈엔 눈물이 가득 고여 있었고 엉엉 운다고 사라지지 않을 불안이 맺혀 있었다. 윤서의 아빠가 큰일 날 뻔한 게 고작 일주일 전이다.

"옆 동네 보관소에 수액이 있을지도 몰라. 이미 수액을 빌리러

간 사람들도 있는 것 같고. 그러니까 걱정하지 마."

강석이 말했다. 우리는 웬만하면 동네를 벗어나지 않았다. 모르는 동네로 섣불리 이동했다가 그곳에 있는 사람들과 부딪히기라도 하면 큰일이었다. 모두가 예민한 시기였다.

"괜히 나갔다가 위험해지면 어떡해."

찬미가 말했다. 찬미는 다른 사람이 아니라 강석을 보고 말했다. 꼭 무슨 일이 강석에게 일어날 것처럼. 왠지 모를 불안감이 명치를 간지럽혔다.

"가만히 있을 순 없잖아."

위험하다는 걸 모르는 사람은 없다. 하지만 위험하다고 해서 가만히 있을 수 없다는 걸 모르는 사람도 없었다.

"며칠만 더 기다려 보자. 한 달은 버틸 수 있으니까."

찬미가 말했다. '버틸 수 있으니까'. 나는 찬미의 말이 언젠간 우리가 버틸 수 없게 될 거란 말과 같다고 생각했다.

동네가 어수선했다. 수액을 가진 사람들은 없는 척했고, 진짜 수액이 부족한 사람들은 과격해졌다. 마음대로 다른 사람의 짐을 뒤지거나 길거리 수면자의 수액 양을 확인하기도 했다. 모두가 수액을 영영 구할 수 없을지도 모른다는 불안감에 사로잡혀 있었다.

우리 집에도 사람이 찾아왔다. 강석과 같은 수학 학원에 다녔던 최선이었다.

"부족한 거 아는데, 엄마 수액이 진짜 조금밖에 안 남았어. 며칠 못 버틸지도 몰라. 어떻게 안 될까?"

선의 얼굴은 무척 지쳐 있었다. 이미 많은 곳의 문을 두드린 후일 것이다. 공부뿐만 아니라 미술에도 재능이 특출난 선은 자타공인 명인예고 전교 1등이었다. 모든 것에 다재다능했지만 인간관계만큼은 미숙했다. 선이 잘난 만큼 선을 싫어하는 사람이 많았고 선은 그 질투를 신경 쓰지 않았다. 선에겐 1등의 자리가 중요했고 좋은 대학에 가면 좋은 친구를 사귈 수 있다는 말을 믿었다. 그때나 지금이나, 선에게 손을 내미는 친구는 없었다.

"우리랑 얼마나 친했다고 여길 와?"

강석은 선에게 수액을 줄 수 없는 이유를 설명했다. 선은 '조금만'이라는 말을 반복했으나 우리에겐 선에게 나눠 줄 수액이 조금도 없었다. 언제 다시 수액을 구할 수 있을지 알 수 없는 지금, 수액을 나눠 주는 건 엄마를 포기하겠다는 것과 다름없었다.

"오다 오다 여기까지 온 거겠지. 진짜 큰일이네."

"난 강석이 네가 하나 줄까 봐 조마조마했다."

"내가 바보냐."

하지만 강석은 수액이 자기 것이었다면 기꺼이 하나를 나눠 줬을 사람이었다.

"다음에는 내가 수액 구하러 갈게."

집에 혼자 남아 있는 건 편하지 않다. 기다리는 건 신물이 났다.

"안 돼. 위험해."

"그럼 같이라도 가. 나도 내 몫을 해야 할 거 아니야."

강석은 나와 쌍둥이인데도 나를 여섯 살 먹은 꼬맹이 취급을 한
다. 강석은 나를 지키지 못해 안달 난 사람처럼 굴지만 사실 나는
그리 약하지 않다. 아빠의 부재와 엄마의 무관심 속에서도 꿋꿋하
게 자란 걸 보면 모르나? 이럴 때 보면 강석은 정말 멍청하다.

희 망

일주일이 지나고 우린 결국 식량과 수액을 교환하기로 했다. 다른 동네의 소식을 기다렸지만 수액이 부족한 사정은 우리와 별반 다르지 않았다.

"나도 같이 가."

이번엔 강석도 나를 말리지 못했다. 윤서만 빼고 모두 같이 가기로 했다.

"너무 많이 가져가는 거 아니에요?"

송주 언니는 배낭 하나를 꽉꽉 채워 가져왔다.

"거의 유통 기한 다 된 라면이야. 컵라면 위주로 챙겼어. 그래야 많아 보이잖아."

송주 언니가 킥킥거렸다. 우리가 가진 식량은 대부분 조리가 간편한 라면이나 저장 기간이 긴 캔이었다. 그래도 우리는 초반에 운좋게 식품 창고를 발견해서 다양한 종류의 식량을 비축할 수 있었다. 다른 사람들에 비해선 상황이 나은 편이었지만 식량은 빠른 속도로 줄어들었다.

도서관으로 가는 길은 다른 길보다 더 잘 정돈되어 있었다. 사람들이 많이 지나는 길일수록 깨끗했다. 예전엔 길거리에 시체가 너무 많아 냄새가 심했지만, 지금은 어느 정도 수습되어 있었다. 물론 우리 손으로 거리를 정돈한 것이었다. 우린 그렇게 변수에 대응해 왔다.

그러나 변수는 언제나 찾아왔다.

"고작 세 개?"

약탈자가 제시한 수액의 개수에 송주 언니의 얼굴에 당혹감이 서렸다.

"더 필요하면 먹을 걸 더 챙겨 오든가."

약탈자 중 하나가 낄낄거렸다. 도서관 문 앞으로 나온 약탈자는 셋. 도서관 안에 몇 명의 약탈자가 더 있을지 알 순 없지만 세 사람이 전부가 아님은 짐작할 수 있었다.

"다섯 개는 줘. 아니, 열 개. 애초에 너희가 가지면 안 되는 거잖아."

송주 언니가 화를 누르며 말했지만 약탈자들은 들은 척도 안 했다.

"잠든 사람이 많아. 우선 열 개를 줘. 그럼 더 가져올게."

강석이 송주 언니보다 한 발자국 앞으로 나서며 말했다. 강석의 키가 약탈자들보다 월등히 컸다. 약탈자들은 강석이 다가오자 무기를 고쳐 잡았다.

"그렇게 필요하면 수액과 바꿀 걸 가져오라니까? 가진 게 없음 꺼져."

약탈자가 배낭을 들어 올리며 돌아가려 했다.

"그렇게 가 버리면 어쩌자는……."

강석이 도서관 입구로 다가가자 순식간에 약탈자가 무기를 휘둘렀다. 공사판에나 있을, 끝이 우그러진 쇠 파이프였다.

"강석아!"

내 외침을 들은 강석이 아슬아슬하게 피해 넘어졌다. 약탈자의 쇠 파이프는 유리문을 가격했고 유리가 요란한 소리를 내며 깨졌다. 일순간 모두가 얼어붙었고 정적이 찾아왔다. 모두가 어떻게 대응해야 할지 갈피를 찾지 못할 때, 도서관 안에서 또 다른 약탈자들이 뛰어오는 소리가 들렸다. 준영이 뛰어 나가 강석을 일으키는 찰나 동혁이 약탈자를 넘어뜨렸다. 순식간에 약탈자들과 뒤엉킨 우린 전력으로 싸워야 했다.

"우리가 막을 테니까 수액 챙겨!"

강석이 소리쳤고 송주 언니가 내 손을 잡고 도서관 안으로 뛰어 들어갔다. 아수라장이 된 탓에 우릴 막는 약탈자 수는 적었고 모두 우왕좌왕했다. 아마추어 복싱 대회에서 우승한 전력이 있는 송주 언니가 그들을 상대했다.

나는 송주 언니를 뒤로하고 도서관으로 들어갔다. 도서관 책상 위에 수액이 가득 담긴 상자가 열 상자는 더 있었다. 금방이라도 도서관 안으로 약탈자가 뛰어 들어올 것만 같아 손과 다리가 덜덜 떨려 왔다. 송주 언니가 뒤따라 들어와 박스를 챙겨 나갔다. 나도 언니를 따라 서둘러 밖으로 나갔다. 밖은 조금 전보다 더 아수라장이었다. 강석과 준영, 동혁이 전력을 다하고 있었지만 약탈자의 수가 더 많았고 무기를 가지고 있는 탓에 밀리고 있었다. 다만 모아 놓고 보니 약탈자들이 모두 어리고 몸집도 작아서 그나마 우리 쪽도 버티고 있는 것 같았다.

그때 강석의 뒤로 약탈자 한 명이 다가서는 게 보였다. 강석은 앞에 있는 약탈자를 상대하느라 미처 뒤를 살피지 못했다. 나는 수액 상자를 약탈자에게 던져 넘어뜨렸다. 상자에 있던 수액이 와르르 쏟아졌고 약탈자가 밟고 넘어지는 바람에 일부는 터져 흘러나왔다.

이제 어쩌지? 내가 이러지도 저러지도 못하고 있을 때, 멀리서 사이렌 소리가 들렸다. 희미하게 들리던 소리가 점점 선명해지더니 귀를 찢을 듯 요란하게 울려 댔다. 곧이어 순식간에 경찰차 한 대가 도서관으로 돌진했다. 도서관 벽이 깨지고 하마터면 문을 지키던 약탈자들은 치일 뻔했다. 약탈자들은 난데없는 경찰차의 등장에 혼비백산으로 사라졌다. 우린 도무지 이해할 수 없는 상황에 놀라 굳어 있을 수밖에 없었다. 경찰차에선 초등학생 고학년 정도로 보이는 남자애가 내려 말 걸 틈도 없이 도서관으로 들어가 버렸다.

"다들 괜찮아?"

어느새 수액을 두 박스나 더 가지고 나온 송주 언니가 침묵을 깨트렸다. 송주 언니의 말에 정신이 돌아온 준영이 서둘러 박스를 도서관 밖으로 옮겼다. 크게 다친 사람은 없었지만 모두가 지쳐 있었다. 수액은 한 박스에 열다섯 개씩 들어 있었다. 몇 달은 버틸 수 있을 터였다.

"웃기지 않나? 진짜 경찰일 리도 없는데 다 도망간 거 봐. 역시 죄짓고는 못 산다니까."

송주 언니가 조금 웃었다. 하지만 마음 놓고 웃을 순 없었다. 죄를 지은 건 우리도 마찬가지다. 음식을 훔쳤고 훔친 것을 당연하게 우리의 것이라 했다. 수액을 자기 것처럼 여겼던 약탈자와 별반 다를 것 없다는 걸 우린 내심 다 알고 있었다. 모두의 표정이 오묘했다. 수액을 얻었지만 그 누구도 마음 놓고 기뻐할 수 없었다.

"어쨌든, 잘 됐어. 이제 수액 걱정은 당분간 안 해도 돼. 혹시 모르니까 최대한 많이 챙겨 가자."

동혁이 말했고 우린 서둘러 도서관으로 향했다. 그때 차 소리가 들렸다. 수액 배달 차였다. 하얀 트럭이 천천히 도서관 주차장으로 들어왔다.

"어른이다."

송주 언니가 말했다. 운전석에서 내린 건 분명 어른이었다. 수염
이 덥수룩한 탓에 명확한 나이를 가늠할 순 없었지만 적게 보면 마
흔, 많이 보면 쉰 정도 되는 아저씨였다.

"안녕하세요?"

동혁이 아저씨에게 다가가 인사를 건넸다. 우리는 아저씨가 외
계 생명체라도 되는 것처럼 낯설게 느껴졌다. 지금까진 한 번도 수
액 트럭을 마주한 적이 없었다. 수액 트럭은 약탈에 대비해 인적이
드문 새벽에 이동했다.

"웬 경찰차?"

아저씨가 앞 범퍼가 다 찌그러진 경찰차를 가리키며 물었다.

"저희도 잘 모르겠어요. 약탈자 놈들 때문에 싸움이 좀 있었어
요."

"고얀 놈들. 어딜 가나 나쁜 놈들은 항상 있지."

강석의 말에 아저씨가 혀를 차며 말했다.

"앞으론 여기로 오면 안 되겠구나. 공장 책임자가 잠들었던 바람
에 수액 배달도 늦어지고 있단다."

여전히 사람들은 잠들고 있다. 도대체 왜, 도대체 꿈의 세계가 뭐
길래, 얼마나 대단한 꿈을 꾸길래, 남겨진 사람들은 안중에도 없다
는 듯 잠들어 버리는 걸까. 우리가 여기에 있음을 정말 모르는 걸
까? 공장 책임자는 우리의 하루하루를 공포로 몰아 놓고 기분 좋은
꿈을 꾸고 있겠지. 행복한 미소를 지으면서……

"그래도 금방 깨어난 게 다행이었지. 하지만 이제 여기로 오는 수액은 없을 거란다. 어차피 약탈자가 나타나기도 했고……."

"그게 무슨 말씀이세요?"

가만히 듣고 있던 찬미가 소리치듯 되물었다. 모두가 아저씨의 말을 제대로 이해하지 못한 듯했다.

"배달 기사가 많이 줄었어. 여긴 작은 동네잖아. 여기서 차로 십오 분 거리에 수액이 배달되는 시립 도서관이 있어. 걸어가면 한 시간쯤 걸리겠구나. 앞으론 세 달에 한 번 수액을 배달할 거다. 이젠 여기로 오지 말……."

"아뇨, 아뇨. 방금 잠들었던 사람이 다시 깨어났다고 하신 거예요?"

이번엔 송주 언니가 아저씨의 말을 잘랐다.

"그러니까 공장이 다시 돌아갔지. 이제 기술자도 몇 안 남았어."

"깨어나는 게 가능한 거예요?"

이번엔 강석이 물었다. 모두의 눈이 아저씨에게 향해 있었고 찬미는 눈물을 참고 있는 것 같았다.

"흔한 일은 아니지만 그리 적지도 않아. 여긴 아직 깨어난 사람이 없나 보구나."

아저씨는 우리를 안쓰럽다는 듯 쳐다봤다.

"깨어나신 분은 어디서 만날 수 있어요? 그 공장이 어디에 있어요?"

"위치를 알려 주는 건 어려울 것 같다. 수액을 노리는 놈들이 많아졌거든."

단호한 아저씨의 대답에 우리는 아무 말도 할 수 없었다. 아저씨는 수액을 도서관 안으로 차곡차곡 밀어 넣었다. 우리는 우리 몫의 수액을 챙기고 난 후 아저씨를 도와 수액을 옮겼다.

"세 달 뒤에 시립 도서관으로 수액이 배달될 거란다. 다른 사람한테도 그렇게 전달 부탁하마."

아저씨가 트럭에 시동을 걸며 말했다. 허탈한 기분이 들었지만 수액이라도 얻은 걸 다행으로 여겨야 했다.

"깨어난 사람을 찾는 거라면 인천으로 가 봐라. 다른 지역보단 많다고 들었다. 하지만 조심해야 한다. 사람이 많은 만큼 사고도 많은 곳이니."

그 말을 끝으로 아저씨는 도서관을 떠났다. 가슴속이 간질거렸다. 희망이었다. 잠든 어른들이 깨어날 수 있다. 깨어나는 게 가능하다. 어쩌면 예전으로 돌아갈 수 있을지도 모른다. 전처럼 학교를 다니고, 시시껄렁한 농담을 주고받으며 진로를 고민하는 그런 평범한 일상으로.

*

수면자가 깨어날 수 있다는 소식을 들은 윤서가 울음을 터트렸

다. 그럴 줄 알았다며, 모두가 다시 깨어날 수 있을 거라며 희망을
부풀렸다. 희망은 전염됐다. 사람들이 영원히 깨어나지 않을 것이
라 두려워했던 공포만큼 희망도 빠르게 퍼져 나갔다. 수액을 구하
지 못했던 사람들은 수액을 가져와 안정을 되찾았다. 아직 완벽히
해결된 것은 없지만 조금씩, 천천히 모든 게 해결될 것만 같았다.

"근데 그 경찰차는 뭐였어?"

도서관에서 있었던 일을 모두 들은 윤서가 물었다. 경찰차를 몰
고 온 남자애는 순식간에 자취를 감췄다. 많이 봐 줘야 중학생 정도
밖에 되지 않은 남자애가 차를 몰고 온 것도 놀랄 일이었지만 수액
을 챙겨 그렇게 빨리 사라져 버린 것도 신기했다.

"모르겠어. 혹시 몰라서 도서관 안을 둘러봤는데 없었어. 아마
수액이 없어서 급해진 애였겠지. 근데 경찰차를 몰고 오다니. 다른
차였으면 그놈들이 그렇게 빨리 도망치지 않았을지도 몰라."

내 말에 윤서가 웃었다. 그러나 나는 웃을 수 없었다. 도서관을
들이받은 게 진짜 경찰이었다면 우리도 경찰서에 끌려갔을 것이
다. 우린 죄를 짓고 있었다. 처음에는 죄라는 걸 인식했지만 죄의
경계는 빠르게 희미해졌다. 죄책감이 더 옅어지기 전에 사람들이
깨어나길 바랄 뿐이었다.

"어디 가?"

가방을 멘 강석이 윤서의 텐트 앞을 지나갔다.

"최선한테."

"하여튼 못 말려. 같이 가."

강석은 선에게 수액을 나눠 주지 못한 게 내내 마음에 걸렸을 거다. 선은 가까운 친구도 없고 함께 음식을 구하는 팀도 없다. 혼자서 수면자를 돌보는 일이 얼마나 힘들지 상상도 되지 않았다. 나는 윤서의 텐트에서 캔 몇 개를 챙겨 강석의 뒤를 따랐다. 윤서가 이것저것 더 챙겨 주려 했지만 이만하면 불편한 마음을 덜기 충분했다.

그날 찾아온 선의 부탁을 매몰차게 거절하긴 했지만, 선의 마음까지 이해하지 못한 건 아니었다. 친하지도 않은 친구의 집에 오기까지 선이 얼마나 많은 고민을 했을지 느껴졌다. 선의 지친 얼굴을 봤기 때문에 불편한 감정이 쉽사리 사라지지 않았다. 하지만 원하는 것을 얻기 위해 위험을 감수해야 하는 때였으므로 사과는 필요 없었다. 우린 선이 필요한 걸 주고 불편한 마음을 덜면 되는 것이다. 선은 고마워할 것이고 우리의 마음은 편안해질 것이다. 발걸음이 가벼웠다.

그러나 선은 없었다. 우린 선과 인사를 나눌 수도, 대화를 할 수도, 원망을 들을 수도 없었다. 이미 꺼져 버린 수명 유지 장치와 쓰러져 있는 선. 순식간에 강석이 내 눈을 가렸지만 코끝을 스치는, 난생처음 맡아 보는 지독한 냄새는 가릴 수 없었다. 숨이 멎을 것 같았다. 잠시 숨 쉬는 법을 까먹은 것 같기도 했다.

인 천 으 로

며칠째 열이 떨어지지 않아 밖에 나가지 못했다. 속이 울렁거렸고 음식을 삼키지 못해 살도 조금 빠졌다. 음식이 입술에 닿을 때마다 선의 집에서 맡은 냄새가 몰아닥쳤다. 그건 분명 시체 냄새였다. 맡아 본 적 없지만 처음 맡아도 한 번에 알아차릴 수 있는 냄새. 강석은 선과 어머니의 시신을 직접 수습했다. 준영과 동혁의 도움을 받아 땅을 팠고, 송주 언니와 찬미의 도움으로 선의 몸을 깨끗하게 정리했다. 모두가 충격을 받은 듯했지만 각자 할 일을 묵묵히 해 나갔다. 어쩌면 우리가 받아들일 수 없는 충격에 면역되었기 때문일지도 모른다.

쓰러지듯 잠을 자던 며칠 동안 강석과 윤서가 돌아가면서 내 상태를 확인했다. 나는 둘이 무엇을 두려워하는지 잘 알고 있었다. 나는 내가 여전히 현실 세계에 있음을 알려 주기 위해 몸을 일으켜 움직여야 했다.

"물 좀."

정신을 차려 보니 저녁이었다. 해가 넘어가면서 붉은빛이 창문을 통해 스며들었다. 강석은 곧 물 한 컵을 가져다줬다. 입이 바싹 말라 물을 마셔도 물이 기름처럼 느껴졌다. 강석은 지쳐 보이는 얼굴로 침대 옆에 걸터앉아 마른세수를 했다.

"피곤해 보이네."

내 말에 강석은 옅은 웃음을 지었다.

엄마가 잠들고 나서 강석은 내내 피곤해했다. 강석의 도움을 필요로 하는 사람이 많았고 강석이 팀의 주축이 되고 나서 안팎으로 신경 써야 하는 일이 많아졌다. 티를 내지 않는 강석의 얼굴이 어두운 걸 보니 어쩌면 한계에 다다른 것일지도 몰랐다.

"좀 쉬어. 나 이제 괜찮아."

강석은 무엇보다 잠을 자야 할 것 같았다. 며칠 동안 아픈 나를 돌보느라, 깨어나지 않는 엄마를 살피느라 강석은 잠을 줄였을 것이다. 하지만 나는 강석이 엄마처럼 영영 잠들어 버릴까 봐, 내내 부족했던 잠을 오랫동안 자 버리게 될까 봐 두렵기도 했다.

"조금 이따가 애들이랑 모이기로 했어."

"수액 때문에?"

"그것도 그렇고…… 다들 인천에 가고 싶어 해."

가까운 시립 도서관에 가는 것도 도전인 상황에서 인천으로 향하는 게 올바른 선택일까. 우리가 안전하지 않으면 수면자는 꼼짝없이 죽게 된다. 우리의 안전이 곧 수면자의 안전이다. 준영만 해도 머리를 다쳤을 때 부모님을 돌볼 수 없어 다른 친구들이 돌아가며 챙겨야 했다. 인천은 멀었다. 송주 언니가 운전을 한다고 해도 차로 이동하면 약탈자의 표적이 될 수 있다.

하지만 우리는 인천으로 가야 한다. 잠에서 깬 어른들이 그곳에 있다. 이 모든 문제는 어른들이 깨어나면 해결될 것이다. 어른들이 깨어나기만 한다면 우리는 잃어버린 것들을 되찾을 수 있을 것이다.

"나도 갈래."

"넌 엄마를 지켜야지. 아직 정해지진 않았지만 몇 명만 다녀올 거고, 인천으로 가는 아이들 대신 잠든 사람을 돌봐 줘야 해. 윤서랑 홍주랑 같이 여기 남아 줘. 할 수 있지?"

"얼마나 걸리는데?"

"모르겠어. 인천 길은 아예 모르니까. 너무 길어진다 싶으면 돌아올 거야. 아무 걱정 할 필요 없어."

어떻게 걱정을 하지 않을 수 있을까. 강석에 대한 믿음이 없는 건 아니다. 단지 내게 다가온 현실을 믿을 수 없을 뿐이다.

"알겠어. 근데……."

"왜?"

"……네 잘못 아닌 거 알지?"

내내 정신이 없었지만 강석에게 이 말은 꼭 해야겠다고 생각했다. 선이 세상을 떠난 건 결코 강석의 잘못이 아니다. 현실이 그랬다. 수액을 나눠 주지 않은 게 강석의 잘못이라면, 동네에 있는 모두가 선의 죽음을 책임져야 할 것이다.

강석의 눈이 순식간에 충혈되었다. 툭 건드리면 터져 버릴 사람처럼 위태로웠다.

"수액은 남아 있었어. 적어도 이 주일은 버틸 수 있는 양이었지. 수액을 구하지 못했더라도 조금만 더 기다렸으면……. 그랬으면……."

강석의 목소리는 물기를 머금고 갈라졌다. 애써 눈물을 참아 내느라 숨이 가빠졌지만 결국 울음을 터트렸다. 강석이 우는 걸 보는 게 얼마 만이더라. 아니, 본 적이 있었던가?

"우린 수액이 두 개였어."

"강석아, 우리도 엄마를 지켜야 했어. 만약 수액을 영영 구하지 못했으면 어쩔래? 약탈자 놈들이 더 나쁜 마음으로 우리한테 해를 끼쳤으면? 우린 그 상황에서 할 수 있는 선택을 했어. 모두가 그랬어."

눈물이 났다. 강석이 무너졌다. 항상 견고한 성 같던 강석이 울고 있다.

"선이 자기 엄마 기계를 고장 낸 거야. 일부러, 일부러 그랬어. 죽으려고."

강석의 어깨가 들썩일 때마다 숨이 막혔다. 어떤 말을 해야 할까.

무슨 말로 강석의 마음을 진정시킬 수 있을까.

"내가 사람을 죽인 거야. 죽으면 안 되는 사람들이 나 때문에 죽어 버린 거야……."

"최강석!"

나는 강석의 어깨를 강하게 붙잡았다. 그렇게 하지 않으면 강석은 부서질 것 같았다. 산산조각 나 가루가 되어 버릴 것 같았다. 강석은 조금 놀란 눈으로 나를 바라봤다. 이토록 약한 강석이라니. 이토록 무력한 강석이라니.

"넌 잘못 없어. 아무 잘못 없어."

단호하게 말하고 싶었지만 자꾸 눈물이 나는 바람에 목소리가 볼품없이 떨렸다.

"잘못이 있다면 그건 잠든 사람의 몫이야. 우리가 이렇게 된 건 다 수면자들 때문이야. 공장 책임자가 잠들었기 때문이야. 엄마가 진즉에 깨어나지 않았기 때문이야. 수액을 가로챈 약탈자들이 잘못……."

눈물 때문에 숨이 가빴다. 나는 이제 강석보다 더 크게 울기 시작한다. 강석은 도리어 내 등을 토닥이며 위로한다.

"지금은…… 잘못해도 잘못이 아니야. 네가 무너지면 나도 무너져. 그러니까 우리만 생각해. 그것도 벅차."

"그럴게. 미안해."

내 말이 강석에게 부담이 될 걸 알았다. 하지만 이 말은 꼭 해야 했다.

"하나 약속해. ……우린 절대로, 절대로, 절대로 잠들지 않기로."

이러한 약속이 얼마나 부질없는 것인지 알았다.

"약속해."

하지만 입 밖으로 꺼내 놓지 않은 말이 마음속에서 부서지는 걸 견딜 수 없다. 소리 내어 말하면 지킬 수 있다고 믿게 된다. 다짐은 나누면 나눌수록 견고해진다. 고요한 강석의 마음에 큰 돌이 하나 던져졌다. 아니, 이제는 강석이 고요했다는 것도 거짓말 같다. 강석은 처음부터 요동치고 있었던 걸까. 나는 계속 모르고 있었던 걸까. 나는 대체 강석에 대해 무엇을 알고 있는 걸까. 무섭다. 모든 불안을 외면하고 싶을 만큼 두렵다.

*

출발은 이튿날이었다. 날이 밝자마자 강석, 송주 언니, 동혁이 인천에 가기로 했다.

"길어야 일주일이야."

강석이 배낭에 물과 참치캔을 챙겨 넣으며 말했다.

강석과 동혁이 송주 언니에게 운전하는 법을 배웠다. 내비게이션은 고장 난 지 오래였지만 지도가 있었고 큰 도로까지 나갈 수 있다면 생각보다 어렵지 않게 인천에 닿을 것이다.

"액셀이랑 브레이크만 구분하면 돼. 교통 규칙 같은 건 다 쓸모없어. 사람만 조심해. 내가 계속할 거지만, 혹시 모르는 일이니까."

"누나, 운전 조심해요. 차는 절대 뺏기지 말고요. 아빠한테 혼날 거예요."

준영이 웃으며 말했다. 우리는 어른들이 깨어날 수 있다는 희망에 가슴이 부풀어 있었다. 준영의 아빠가 깨어나시면 여기저기 긁힌 차를 보고 뭐라 하실까. 화를 내실까, 잘했다 칭찬하실까. 뭐가 됐든 한바탕 소란스러울 것이다. 그런 상상을 하는 것만으로도 행복했다.

"우린 걱정하지 마."

나는 강석의 눈을 똑바로 쳐다보며 말했다.

우린 모두 무사할 거야.

말하지 않아도 우린 서로의 말을 들을 수 있었다. 인천으로 가는 사람들은 모두의 기대를 안았다. 부담이 될 것을 알면서도 기댈 수밖에 없었다. 그 정도의 이기적인 마음 정도는 허락되어야 했다.

어둠이 걷히자마자 강석 일행은 인천으로 떠났다. 그들을 배웅한 뒤 곧바로 윤서에게 갔다. 날이 많이 추워져서 두툼한 이불을 챙겼다.

"눈이 올 것 같아."

윤서가 하늘을 올려다보며 말했다. 해가 없었고 온통 회색이었다. 곧 12월이니 눈이 오는 것도 이상하지 않았지만, 본격적으로 겨울이 시작된다면 수면자들은 조금 더 위험해질 것이다.

윤서는 아저씨와 아줌마에게 롱 패딩을 덮어 주었다. 옷을 입힐 순 없어 어깨에 걸쳐 놓는 수밖에 없었다.

"수액이 얼진 않겠지?"

"양말이라도 입혀 놓자. 안 하는 것보단 낫겠지."

지난겨울엔 수액이 언 적 없었지만 이번엔 다를지도 모른다. 지난겨울을 무사히 견뎌 냈으니 이번에도 견딜 수 있다고 믿어야 했다.

"눈이 내리기 전에 깨어나셨으면 좋겠다. 더 춥지 않게."

윤서가 말했다. 아저씨 아줌마는 추운 기색 없이 평온해 보였다. 두 분은 여전히 좋은 꿈을 꾸고 있는 것 같았다. 두 분이 깨어나시면 꼭 물어보고 싶다. 어떤 꿈을 꾸었길래, 꿈의 세계가 도대체 무엇이길래 돌아오지 않으셨냐고. 윤서를 그렇게 사랑하는 두 분이 어떻게 윤서를 홀로 남겨 두셨냐고.

엄마는 깨어날까. 엄마는 깨어나면 우리에게 뭐라고 할까. 집이 왜 이렇게 지저분하냐고 잔소리할까? 따뜻한 물이 나오지 않는다고 불평할까? 제대로 된 밥은 없냐고, 왜 사람답게 살지 못하느냐고 짜증을 낼까? 눈물이 날 것 같다. 나는 엄마의 진저리 나는 말마저도 그리워하는 것 같다. 엄마가 깨어나기를, 기다리는 것 같다.

첫 눈

강석이 인천으로 간 지 사흘째 되던 날 눈이 내렸다. 첫눈치곤 많은 양이었고 꽤 오랫동안 흩날렸다. 눈이 내리는 것을 확인하자마자 집에 있는 우산을 챙겨 윤서에게 줬다.

윤서는 아직 마땅한 가림막을 구하지 못해 아줌마의 옆에서 우산을 들고 있었다. 나는 아저씨의 옆에서 우산을 들었다. 아저씨 옆에 서니 바로 아줌마가 보였다. 두 분은 조금 떨어져 마주 보고 서서 잠들어 있었다. 누가 먼저 잠든 걸까. 잠든 상대를 보고 따라 잠든 걸까.

눈이 그친 뒤 준영과 함께 동혁의 부모님에게 들러 두툼한 외투를 걸쳐 드렸다. 마침 동네 도서관에 다녀온 다른 무리의 아이들과 마주쳤다.

"수액 아직 넉넉해?"

준영이 물었다.

"이게 마지막이야. 넉넉하게 챙긴 것 같은데도 모자라게 느껴지네."

"다음부턴 시립 도서관으로 배달된대. 도둑놈들이 채 가지 못하게 뭔가 대책을 세워야 할 것 같아. 강석이 돌아오면 같이 얘기해 보자."

준영의 말에 아이들이 고개를 끄덕였다. 모두 나이가 많은 축인 우리 무리에 의지하고 있다.

"또 무슨 일이 생기진 않겠지?"

수액을 넉넉하게 챙기긴 했지만 반드시 부족해질 날이 올 것이다. 약탈자가 시립 도서관마저 점령한다면, 저번보다 많은 수의 약탈자가 수액을 빼앗는다면, 그때도 우리가 맞서 싸울 수 있을까?

"매일매일 무슨 일이 안 일어난 적이 없긴 했는데, 그건 그때 가서 생각하자. 뭐, 다들 깨어나면 수액도 필요 없을 거고."

준영이 웃으며 말했다. 희망을 믿는 사람은 웃는다. 준영은 진심으로 믿고 있다. 인천에 간 사람들이 돌아오면, 그들이 깨어난 사람들과 만나 이야기를 듣고 오면 일 년 가까이 잠든 우리 부모님들이 깨어날 방법을 알 수 있을 거라고. 나도, 믿어도 될까. 진심을 다해 믿어 봐도 되는 걸까.

홍주는 제과점에 앉아 떨고 있었다. 실내였지만 전기가 들어오지 않아 추운 바깥과 다름없었다. 그래도 텐트에서 지내는 윤서보다는 상황이 나았다. 나는 집에서 챙겨 온 핫 팩을 홍주에게 건넸다.

"땡큐. 작년보다 더 추운 것 같지 않아? 내가 먼저 얼어 죽을 것 같은데."

홍주가 핫 팩을 요란스럽게 흔들며 말했다. 작년보다 추운 것은 잘 모르겠지만 우리의 몸이 약해진 건 확실했다. 균형 잡힌 식사를 한 게 까마득한 예전 이야기다. 끼니마다 제대로 된 식사를 할 수 있는 게 얼마나 대단한 일이었는지 새삼 깨닫는다.

"강석인 언제 오려나."

"그러게. 좀 있음 벌써 일주일이네."

"넌 송주 언니 걱정도 안 되냐?"

홍주는 핫 팩을 볼에 갖다 댔다. 이제 보니 건조하고 추운 날씨 탓에 얼굴이 붉게 터 있었다.

"넌 우리 언니가 얼마나 지독한지 몰라. 할머니 돌아가셨을 때도 중간고사 본 인간이야. 제일 문제는 장례식 중에 시험을 보겠다는 딸을 학교에 보낸 엄마 아빠지만."

홍주는 밖에 서서 잠을 자고 있는 아저씨를 쳐다봤다.

"우리 아빠지만 정말 이상한 사람이지. 자기 엄마가 돌아가신 건데, 어떻게 딸 시험이 머리에 들어올 수 있었을까? 나는…… 아무 생각도 안 나던데."

"아저씨가 깨어나면 뭐라고 하실 것 같아?"

"학교는 어떻게 됐냐고 물어볼 것 같은데?"

홍주가 대답하곤 웃었다. 홍주네 부모님이라면 그럴 수도 있겠다 싶었다. 그래도 깨어나면, 홍주가 이렇게 고생한 걸 알게 된다면, 그런 말들은 뒤로 미루고 한 번은 안아 주시지 않을까? 그럼 홍주는 힘들었던 시간을 모두 잊을 수 있을 텐데.

"너는?"

홍주가 물었다.

"뭐가?"

"아줌마 말이야. 깨어나면 뭐라고 하실 것 같은데?"

엄마는 깨어나자마자 강석을 찾을 거다. 도대체 무슨 일이 일어난 건지 강석에게 상황 설명을 요구할 것이다. 강석은 차분히 엄마에게 그간 일어난 일을 설명할 것이고 자신이 그토록 오래 잠들었다는 사실에 충격받은 엄마는 두통을 느끼며 이마를 짚고 나서야 나를 쳐다볼 것이다.

"뭘 그렇게 멀뚱히 서 있어?"

"어?"

"그렇게 말할 것 같아, 엄마는."

엄마와 나의 관계가 틀어진 것이 언제부터인지 기억나지 않는다. 엄마의 손은 언제나 내게 닿을 듯 말 듯한 곳에 있었다. 엄마와 나는 한 번도 손을 마주 잡은 적이 없었고 서로에게 다정한 말을 건넨 적도 없었다. 엄마는 내 엄마였지만 '우리' 엄마는 아니었다. 엄마와 나의 관계는 '우리'가 될 수 없었다.

해가 질 때쯤 집으로 돌아왔다. 바깥에 오래 서 있었더니 온몸이 떨려 왔다. 나는 외투도 벗지 않고 곧장 침대 속으로 들어가 몸을 녹였다.

엄마는 여전히 잘 자고 있었다. 수액은 반 정도 남아 있었고 이 주 정도는 거뜬히 버틸 양이었다. 강석이 돌아오면 수액을 교체할 필요가 없어질지도 몰랐다.

"……엄마."

잠든 엄마에게 말을 거는 게 얼마 만인지 모르겠다. 아무리 불러도 대답하지 않는 사람에게 나는 아무 말도 하고 싶지 않았다. 하지만 지금은 왠지 엄마가 대답할 것만 같다. 눈을 뜨고 내게 '왜?'라고 되물을 것 같다.

"정말 깨어날 수 있는 거야? 예전으로 돌아갈 수 있는 거야?"

잠든 엄마의 평온함이 언제나 싫었다. 이 모든 고통의 시간이 자신과 관련 없다는 듯한 엄마의 얼굴을 저주했다. 하지만 이제 나는 기다린다. 내가 엄마,라고 불렀을 때 왜,라는 대답이 들려오기를. 그래서 엄마와 내가 '우리'가 될 수 있기를, 기대한다.

*

그날 밤은 월식이라 가로등이 켜지지 않는 동네는 가시거리가 0미터에 가까웠다. 날은 또 얼마나 추운지, 홍주와 윤서는 옷의 주머니마다 핫 팩을 넣어 두었다. 해가 짧아진 탓에 밤이 길었고 견뎌야 하는 쓸쓸함은 배가 되었다.

그래서 윤서는 촛불을 켰다. 빛은 미미했지만 윤서의 마음을 공포와 추위로부터 멀어지게 했다. 작은 불꽃도 불꽃이라, 윤서는 따뜻함과 안락함을 느끼며 불을 쬐었다. 윤서는 조금이나마 온기가 느껴지는 것이 왠지 감동적이었다고 한다. 곧 있으면 인천으로 간 아이들이 돌아올 것이고, 부모님은 이 모든 일이 찰나의 꿈이었던 것처럼 깨어날 거라는 생각을 했다고. 갑자기 그러한 희망들이 파도처럼 밀려들어 한밤의 어둠도 침묵도, 왠지 모를 두려움도 모두 견뎌 낼 수 있을 것 같았다고 한다.

하지만 윤서를 밝힌 빛은 어두컴컴한 길목에 홀로 둥둥 떠 있는 것이라 그곳을 지나는 사람이라면 한 번쯤은 돌아볼 만했다. 그렇게 윤서의 부모님은 약탈자의 표적이 되었다.

그들은 우리가 익히 알고 있던, 음식이나 빼앗던 약탈자의 모습이 아니었다. 복면을 쓰고 무기를 들고 있었다. 마치 옛날 뉴스에서 보던 강도들 같았다. 그들은 폭력적이었고 무자비했으며, 움직임에 망설임이 없었다. 그들이 노린 건 수면자의 생명 유지 장치였다. 우리가 도착했을 땐 이미 윤서의 부모님이 발작을 시작한 후였다. 그날 동네에서 생명 유지 장치를 빼앗긴 수면자는 열다섯 명이었고, 모두 사망했다. 그날 약탈자가 빼앗은 건 열다섯 개의 삶이었다.

윤서는 자신에게 일어난 일을 받아들이기도 전에 부모님의 시신을 수습해야 했다. 아줌마 아저씨의 얼굴은 더 이상 평온하지 않았다. 핏기가 사라져 창백하다 못해 검었다. 숨을 쉬지 않는 사람은 무거웠다. 악몽 같은 시간에 갇힌 우리는 몸이 뻣뻣해지기 전에 시체를 수습해야 한다는 준영의 말에 믿을 수 없는 현실로 되돌아왔다. 선을 묻은 뒷산에 두 분의 무덤을 만들고 나서야 윤서가 기절했다. 우리는 윤서가 꿈의 세계로 가 버린 것인지, 그저 지쳐 쓰러진 것인지 몰라 그 자리에서 한참이나 망설여야 했다. 인천으로 간 사람들은 여전히 돌아오지 않았다.

기 대

생각해 보면 기대한 것들은 내게 오지 않았다. '한 번쯤은'이라는 말을 달고 살았지만 '한 번도' 내게 그런 일은 일어나지 않았다. 아빠만 봐도 그랬다. 나는 아빠가 '한 번쯤은' 내게 연락할 줄 알았다. 엄마에겐 비밀이라며 약속을 잡고 나와 만나 줄 줄 알았다. 적어도 한 번쯤은 아빠가 그럴 거라고 믿었다.

믿음은 너무 빨리 사라져 버린다. 윤서가 발작하듯 깨어나 울고 다시 까무룩 잠이 들길 며칠째, 사람들은 몹시 예민했고 과격했으며 준영과 홍주는 부모님을 지키느라 한숨도 제대로 잘 수 없었다. 가족을 잃은 몇몇 사람들이 복수를 다짐했지만 생명 유지 장치를 빼앗은 약탈자는 완전히 모습을 감췄다. 모두가 날카로웠고 사소한 다툼으로 종종 시끄러웠다. 동네는 어수선해졌다. 창문이 깨지거나 문고리가 사정없이 덜컹거리기도 했다. 동네를 떠나는 이들도 적지 않았다. 나는 더 이상 사람들을 믿지 못했다. 그리고 절대 꿈의 세계로 가지 않겠다는 윤서의 말을 믿지 못했다. 믿음이, 바닥나 버렸다.

"홍주한테 가 봐."

윤서는 며칠 새 엉망이 되었다. 물만 먹어도 모두 게워 냈고 계속 눈물을 닦아 내느라 피부가 붉어졌다. 윤서는 웃어 보려 노력했지만 나는 윤서가 노력할 때마다 더욱 슬퍼질 수밖에 없었다.

"홍주가 너랑 있으래."

"난 괜찮아."

윤서가 그렇게 말하곤 웃었다.

"괜찮으면 안 되는데 괜찮아."

이따금 윤서가 웃을 때마다 윤서의 영혼이 조금씩 빠져나가는 것 같았다. 윤서는 울다가 웃었고, 조금은 편안해 보이다가도 순식간에 무너졌다.

나는 자꾸 선을 떠올린다. 몇 초 되지 않은 순간이 자꾸만 눈앞에 펼쳐진다. 선의 축 처진 모습을 본 건 고작 5초 남짓이었으나 그 모습이 십 분이고 한 시간이고 반복된다. 눈을 감으면 잠깐의 순간이 보고 싶지 않은 공포 영화처럼 계속 재생되었다. 나는 무섭지만 영화관을 뛰쳐나가지 못해 눈을 가리고 있는 아이처럼 그 기억으로부터 벗어날 수 없었다.

어머니의 생명 유지 장치를 부순 건 하나뿐인 딸이었다. 수액은 조금 남아 있었다. 적어도 이 주, 최소 일주일은 버틸 수 있는 양이었다. 일주일만 더 버텼다면. 지옥 같은 시간이 지나갈 거라고 조금만 더 믿을 수 있었더라면. 하지만 선은 무너졌다. 어머니가 숨을 거두길 기다리기밖에 할 수 없었던 선은 결국 그 끔찍한 시간을 견디지 못하고 앞당긴 것이다. 그래, 우린 모두 선택할 수 있었다. 모두가 마음만 먹으면 지긋지긋한 자기희생의 시간을 종료할 수 있었다.

"뭐 좀 먹을래? 답답하면 바람 좀 쐴까? 아니면 같이 홍주한테 갈까?"

윤서는 고개를 저었다. 윤서에겐 아무런 힘도 느껴지지 않았다. 이러다 윤서의 모든 힘이 빠져나가게 될까 두려웠다. 윤서가 선처럼 스러질까 봐 두려웠다.

나는 윤서의 곁을 한시도 떠나지 않았다. 윤서의 곁을 지켜야 했다. 동혁의 부모님까지 돌봐야 하는 상황이었지만 준영과 홍주가 내 몫까지 살피며 이해해 줬다. 며칠 사이 홍주와 준영은 더욱 견고한 가림막을 만들어 냈고 깡통을 줄에 매달아 침입자를 감시했다.

"다 내 잘못이야."

윤서의 몸이 떨렸다. 부모님이 돌아가시고 윤서는 종종 지나치게 몸에 힘을 주곤 했다. 주먹을 꽉 쥐어 손바닥에 피가 맺히기도 했다. 나는 윤서가 그럴 때마다 풀어지지 않는 주먹 사이에 내 손가락을 밀어 넣었다. 그러면 윤서는 혹여나 내 손을 다치게 할까 봐 주먹의 힘을 풀고 감정의 수렁에서 빠져나왔다. 윤서는 그런 애였다. 부서지는 와중에도 그 파편에 내가 다칠까 걱정하는 애였다.

"아냐. 절대 아냐."

"내가 약탈자들 생각을 못 했어. 내가 촛불을 켰어. 맞서 싸우지도 못했어. 전부 다 내 탓인 거야. 내가…… 죽인 거야."

"아니야!"

나는 결국 윤서에게 소리치고 말았다. 비명과도 같은 내 외침에 윤서는 조금 놀란 것 같았다.

"어떻게 그 일에 네 잘못이 있어? 네가 잘못한 건 하나도 없어. 잘못은 그 새끼들이 한 거야. 그 미친놈들이 미친 짓을 한 거라고. 게네들이 아줌마, 아저씨를……."

목이 메었다. 윤서는 한순간에 부모님을 잃었다. 세상에서 가장 사랑하는 두 사람을 직접 땅에 묻었다. 윤서가 무너지는 건 당연한 일이다. 너무도 당연한 일이지만, 나는 윤서가 무너지는 걸 지켜만 볼 수는 없었다.

다음 날엔 홍주가 집으로 왔다. 나는 홍주 대신 홍주의 부모님을 돌보기 위해 밖으로 나갔다. 며칠 동안 잠을 제대로 자지 못한 홍주는 낯빛이 어두웠지만 윤서 앞에서 부정적인 말은 하지 않았다.

홍주의 부모님은 견고한 가림막 안에 있었다. 아줌마 아저씨는 여전히 좋은 꿈을 꾸고 있는 듯했다. 눈이 조금씩 내리고 있었다.

낮이었지만 하늘이 어둑어둑했고 조용했다. 준영은 감기에 걸려 부모님 곁에서 내내 기침을 했다. 따뜻한 곳에서 휴식을 취해야 했지만 준영은 집에 갈 수 없었다. 준영은 몇 시간이고 계속 길 위에 서서 부모님의 보초를 섰다.

나는 왠지 모르게 화가 나 있었다. 모든 것에 대한 분노였다. 윤서가 눈물을 흘릴 때마다, 더 이상 울 힘도 없어 텅 빈 눈으로 허공을 바라볼 때마다, 준영이 토해 내듯 기침을 할 때마다, 밤이 빨리 찾아올 때마다, 깨어나지 않는 엄마를 볼 때마다 주체할 수 없을 만큼 화가 났다. 소리를 버럭 질러 모두를 깨우고 싶었다. 도대체 뭐 하는 짓들이냐고. 당장 일어나 우릴 지키라고. 우리가 왜 당신들을 지켜야 하냐고. 우린 아직 이렇게 어린데. 할 줄 아는 게 아무것도 없는데. 지키는 게 뭔지 아직 잘 알지 못하는데.

*

윤서가 일 년을 머물렀던 텐트를 정리해야 했다. 윤서는 더 이상 길거리에 눕지 않아도 된다. 추운 겨울밤에 텐트 안에서 떨지 않아도 된다. 윤서의 텐트 앞에는 더 이상 아줌마 아저씨가 계시지 않는다. 만약 누군가 깨어난다면 당연히 윤서의 부모님일 거라고 생각했다. 의심할 여지 없이 그럴 거라고, 윤서가 가장 먼저 일상을 되찾을 거라고 믿었다.

"뭐야, 누구야?"

윤서의 텐트 안에 누군가 있었다.

"너 뭐야?"

나는 텐트 안에 있는 남자아이의 목덜미를 덥석 잡고 물었다. 내 거친 손길에 남자아이는 화들짝 놀라 도망치려 했지만 절대 놓치지 않았다. 남자아이는 분명 텐트 안의 있는 것을 훔치려 했다. 화가 났다. 남의 것을 함부로 가져가는 놈들을 더 이상 견딜 수 없었다.

"이거 놔!"

키가 160센티미터도 안 돼 보이는 남자아이였다. 기껏해야 6학년 정도로 보였다. 아이가 순간적인 힘으로 내 손을 쳐 냈다. 아이의 반항적인 눈길이 내게 쏟아졌고 왠지 익숙한 느낌이 들었다.

"너, 도서관⋯⋯?"

도서관을 들이받은 경찰차를 운전한 그 애가 분명했다. 남자아이는 빈틈을 놓치지 않고 가방을 챙겨 달아났다. 윤서의 텐트 안에 있던 음식과 담요가 사라졌다. 나는 있는 힘껏 달렸다. 남자아이가 빼앗은 윤서의 것을 되찾기 위해. 두 번 다시 우리 것을 탐하지 말라고 경고하기 위해. 남자아이는 빨랐다. 동네를 잘 알고 있는 듯 골목골목을 가로질러 달렸지만 나를 따돌릴 순 없었다. 남자아이는 막다른 골목에서 한 집으로 들어갔다. 나는 무턱대고 문을 열었다. 오래된 철제문이었다. 남자아이는 미처 문을 잠그지 못하고 뒤로 자빠졌다.

"내가, 못 잡을, 줄, 알았어?"

숨이 턱 끝까지 차올랐다. 이렇게 달려 본 게 얼마 만인지.

"내놔. 그 가방에 든 거 내 친구 거야."

남자아이는 바닥에 떨어진 가방을 품에 안고 뒷걸음질 치며 마루로 올라섰다.

"못 줘. 이제 내 거야."

"내놔!"

나도 마루로 올라가 남자아이의 가방을 빼앗으려 손을 뻗었다. 하지만 아이는 필사적으로 가방을 잡고 놓지 않았다.

"내놓으라니까!"

남자아이와 가방 하나를 두고 줄다리기를 한 끝에 가방끈이 뜯어지고 말았다. 끈이 뜯어진 가방은 볼품없이 바닥으로 떨어졌다.

"할머니가 사 준 건데……. 하나밖에 없는 건데……."

남자아이가 가방을 들어 뜯어진 부분을 맞춰 보다가 울음을 터트렸다. 울음은 점점 커져 대성통곡이 되었다.

"야, 야! 네가 먼저 훔쳤잖아. 그러게 왜 먼저……."

나는 더 말할 수 없었다. 훔치는 걸로 따지자면 나도 마찬가지였다. 어딘가 있을 주인 몰래 음식을 훔치고 생필품을 가져오곤 했었다. '먼저'라는 말은 아무 의미 없었다. 시작이 언제든 이미 우린 모두 도둑이었다.

"미안해. 찢어질 줄은 몰랐어. 훔친 거 돌려줘. 그럼 가방 고쳐 줄게."

남자아이는 내 말에 순순히 가방에서 통조림과 라면을 꺼냈다. 뭘 그리 가득 담았는지, 끝도 없이 나왔다.

"이건 주면 안 돼?"

남자아이가 마지막으로 꺼낸 건 윤서의 담요였다.

"안 돼."

나는 매몰차게 담요를 낚아챘다.

"부탁이야. 갑자기 너무 추워져서 그래."

눈앞에서 물건을 훔쳐 달아난 주제에 당당한 남자아이의 모습에 어이가 없었다. 하지만 아이는 간절해 보였다. 나는 그제야 아이의 뒤에 앉은 채 잠든 할머니가 보였다. 생명 유지 장치를 달고 단잠을 자고 있었다.

아이는 열두 살이었고 도서관에 경찰차를 들이받은 장본인이 맞았다. 이름은 장규성. 어렸을 때부터 할머니의 손에 자랐다고 했고, 할머니는 꽤 늦게 잠이 드셨다고 했다.

"난 할머니가 더 일찍 잠들길 바랐어."

나와 같이 집으로 향하며 규성이 말했다. 나는 윤서의 담요 대신 우리 집에 있는 이불을 주겠다고 했다. 집에는 여분의 이불이 있었다.

"왜?"

"할머니가 편해지길 바랐으니까. 잠들면 다들 웃잖아. 좋은 꿈을 꾸는 거라고 했어. 근데 할머니는 내 걱정을 너무 많이 했어. 난 이제 애가 아닌데."

규성은 혼자 움직였다고 한다. 동네의 또래 친구들은 대부분 다른 지역으로 이동했고 남아 있는 또래들은 규성과 함께하지 않았다.

"원래부터 날 안 좋아했어. 나한테 무슨 냄새가 난다고."

그건 할머니 냄새였다. 어쩌면 사랑의 냄새였을지도 모르지만 그 나이 아이들은 자신과 조금만 달라도 선을 그었다. 다르면 배척하고 편을 갈랐다. 나도 그랬다. 아빠와 함께 살지 않는 건 내 잘못이 아니었음에도 아이들은 나를 자신들과 다르다고 했다.

"근데 너 지금 진짜 냄새나."

"알아. 며칠째 못 씻었거든. 빨래도 못 했어."

용기와 의지만으로 규성이 홀로 할머니를 지키기는 어려웠을 것이다. 매 끼니를 챙겨 먹는 것, 혼자서 씻고 빨래하는 것, 계절마다 이불을 바꿔 까는 것. 할머니는 규성에게 그런 것들을 가르치지 않았을 것이다. 영원히 자신이 규성을 돌볼 수 있을 거라고 믿었을 것이다.

"난 할머니가 되도록 오래 잤으면 좋겠어. 일 년이든, 이 년이든 계속 좋은 꿈만 꿨으면 좋겠어."

나는 규성에게 겨울 이불과 강석의 옷 몇 벌, 세제를 챙겨 줬다.

"집에 휴대용 가스버너 있지? 냄비에 물을 넣고 끓이면 좀 따뜻해져. 그렇다고 너무 오래 켜 두진 말고. 앞으로 필요한 거 있으면

말해. 훔치지 말고. ……도서관 때는 고마웠어. 너 아니었으면 수액
못 구했을지도 몰라. 그래도 너무 위험한 짓은 하지 마."

"알겠어. 고마워, 누나."

규성이 환히 웃으며 돌아갔다. 규성이 경찰차의 운전대를 잡은
건 단순히 주변에 시동이 걸리는 차가 경찰차뿐이었기 때문이었다
고 한다. 운전에 대한 두려움은 없었다. 할머니의 수액이 다 떨어지
는 게 규성의 유일한 두려움이었다.

왠지 규성이 자꾸 생각났다. 좁고 추운 집. 그곳 마루에 함부로
흙발로 들어가 버린 것이 자꾸만 마음에 걸렸다.

긴 긴 밤

밤이 길었다. 꿈에 선이 나왔다. 꿈에서 깨어나자 온몸이 땀으로 젖어 있었다. 윤서의 이불까지 덮고 있던 탓에 몸이 후끈했다. 여전히 선의 목소리가 귓가에 맴도는 것 같았다.

옆에 있어야 할 윤서가 없었다. 나는 다른 생각은 할 겨를도 없이 방문을 열었다. 먼저 현관으로 가 윤서의 신발을 확인했다. 신발은 그대로 있었다. 그대로 뒤를 돌아 거실을 살피니 윤서가 창문 앞에 있었다. 창문을 활짝 열어 두고 그 앞에 서 있었다.

"윤서야……."

내 부름에도 윤서는 뒤돌지 않았다. 창밖에는 눈이 내리고 있었고 바람에 날린 눈이 조금씩 창문 안으로 들어와 윤서에게 닿았다.

"춥게 왜 그러고 있어."

나는 아주 천천히 윤서에게 다가갔다. 심장이 요란하게 쿵쾅거렸으나 집은 너무도 고요했다.

"윤서야, 창문 닫자. 응? 감기 걸려. 윤서야, 제발……."

"나 안 추워."

윤서의 목소리가 차분했다. 떨거나 주먹을 꽉 쥐고 있지도 않았다. 그러나 그러한 모습이 윤서의 막다른 골목일까 봐 겁이 났다. 나는 천천히 윤서에게 다가가 손을 잡았다. 찬바람을 맞은 탓에 손이 차가웠다.

"손이 이렇게 차가운데 무슨 소리야."

나는 먼저 창문을 닫고 윤서의 손을 잡아 체온을 나눴다. 창문을 닫으니 옅은 소음도 모두 사라져 고요했다. 조금만 귀를 기울이면 윤서의 심장 소리까지도 들을 수 있을 것 같았다.

"나, 잠도 많이 자고 춥지도 않아."

윤서가 미소 지었다. 하지만 눈에는 눈물이 고여 있었다.

"몇 달 동안 밖에 있느라 손발이 얼어 있었는데, 이젠 따뜻해. 전혀 춥지도 않고…… 편해. 강희야, 나 너무 편해."

그 순간 윤서가 주저앉았다. 나도 윤서를 따라 바닥에 주저앉았다.

"근데 내가 편하면 안 되는 거잖아. 꼭 이런 날을 기다린 사람처럼 편하면 안 되는 거잖아……."

고요한 집에서의 흐느낌은 적나라했다. 윤서의 울음이 절규처럼 느껴졌다.

"나, 사실 기다리고 있던 건 아닐까? 내가 너무 힘들어서 바라고 있던 건 아닐까? 내가, 내가…… 내가 사실은…….”

윤서의 호흡이 가빠졌다. 나는 윤서를 꼭 껴안았다. 내가 윤서를 위해 할 수 있는 건 울음을 멈출 때까지 안아 주는 것뿐이었다.

윤서는 지쳐 있었다. 윤서만이 아니라 모두가 그랬다. 부모님이 돌아가시면서 윤서를 짓누르던 책임감도 사라졌다. 지켜야 할 것이 사라졌으니 지키려 노력하지 않아도 됐다. 길거리에서 밤을 지새우지 않아도 됐고, 누군가를 경계할 필요도 없어졌다.

“계속 울어. 계속 슬퍼도 돼.”

윤서에겐 슬픔을 쏟아 낼 시간이 필요했다. 내가 곁을 지킬 수 있어서 정말 다행이었다.

“강희야…… 차라리 죽는 게 나을지도 모른다고 생각했어.”

윤서가 쥐어짜듯 말했다. 말을 뱉는 것조차 고통스러워 보였다.

“근데 내가 죽으면…… 내 시신을 강희 네가 치울 것 같아서. 내가 엄마 아빠를 묻은 것처럼 네가 나를 묻을 것 같아서. 내가 그 끔찍한 일을 어떻게 너한테 시킬 수 있겠어. 그렇게 끔찍한 짓을 어떻게…….”

윤서가 질끈 눈을 감았다. 윤서가 어떤 기억을 외면하고 싶어 하는지 말하지 않아도 알 수 있었다. 윤서는 죽지 않을 것이다. 남겨진 사람들을 위해, 자신처럼 끔찍한 기억을 안고 살아가지 않게 하기 위해. 하지만 그렇다고 윤서의 슬픔이 옅어지는 건 아니다. 윤서는 때때로 주먹을 쥘 것이고, 생각이 많은 밤이면 또다시 창문을 열 것이다.

"……그렇게 괴로우면 가도 돼. 꿈의 세계로. 내가 널 지킬게."

윤서는 흔들리는 눈으로 나를 쳐다봤다.

"그렇게 보지 마. 그냥 하는 소리 아니야. 네가 사라지는 것보다 네가 깨어나길 기다리는 게 더 나아. 내가 지키면 되잖아. 지킬 수 있어."

눈물이 났다. 이제는 눈물을 삼킬 수 없다. 윤서가 곁에 없다고 상상하는 것만으로도 마음이 저릿했다.

윤서가 조금 웃었다. 윤서의 얼굴이 조금은 편안해진 것 같았다.

"더 이상 버티지 않아도 괜찮아. 버티는 것도 버릇이 된대. 윤서야, 너만 생각해. 너 힘든 것만 생각해."

윤서는 가만히 나를 바라보다가 꼭 껴안았다. 나는 이미 각오했다. 윤서가 다시 창문을 여는 일이 생기지 않길 바랐다. 차라리 윤서가 꿈의 세계로 간다면. 그곳에서라도 평안한 미소를 지을 수 있다면. 너무도 힘든 시간을 보내고 있는 윤서가 조금이라도 편해지길 바랐다.

만약 윤서가 잠든다면 침대가 좋았다. 나는 윤서를 내 침대에 눕게 했다.

"우리 엄마 봤지? 침대에서 잠드는 게 최고야. 춥지도 않고, 덥지도 않고."

우린 서로를 바라보다 조금 웃었다. 위험한 장난을 치는 어린아

이처럼 조용히 킥킥거리기도 했다. 나는 윤서의 손을 잡았다. 얼음
장 같던 손이 금세 따뜻해졌다.

"홍주랑 내 걱정은 마. 홍주한테 내가 잘 말할게. 홍주는 다 이해
할 거야."

윤서가 천천히 고개를 끄덕였다. 밤은 점점 더 깊어졌다. 겨울의
밤은 지나칠 정도로 길었다.

"윤서야, 잘 자. 좋은 꿈 꿔."

방문을 닫고 나와 주저앉아 버렸다. 입을 틀어막고 울음이 새어
나가지 않도록 숨을 참아야 했다. 나는 윤서를 지킬 것이다. 윤서가
깨어나지 않으면 영원히 곁에서 기다릴 것이다. 나는 윤서가 깨어
날 거라고 믿는다. 잠시 좋은 꿈을 꾸고 돌아올 거라고 믿는다.

문득 규성이 떠올랐다. 할머니가 어서 잠들길 바랐던 녀석의 마
음을 안다. 나는 거실에 앉아 초를 켜고 규성의 찢어진 가방을 살폈
다. 가방은 이미 몇 번이나 수선한 흔적이 있었다. 나는 수업 시간
에 배운 대로 바느질을 했다. 몇 번이나 바늘에 손가락을 찔렸지만
멈추지 않았다. 규성에게서 할머니의 손길이 단 하나라도 사라지
지 않길 바랐다.

*

오랜만에 긴 잠을 잤다. 겨우 규성의 가방을 고쳐 놓고 잠들었고,

숙면을 취했다. 어제는 감기 기운 때문에 몸이 무거웠는데 지금은 괜찮았다.

"일어났어?"

나는 별안간 들리는 목소리에 깜짝 놀라 소파에서 일어났다. 강석이었다. 강석이 돌아왔다.

"최강석!"

나는 벌떡 일어나 물을 마시고 있는 강석을 껴안았다. 평소라면 결코 하지 않을 스킨십이었지만 거의 삼 주 만이었다. 강석은 삼 주 전보다 조금 말랐지만 다친 곳은 딱히 없어 보였다.

"쉬잇."

강석이 내 입을 막았다. 나는 어리둥절한 표정으로 강석을 쳐다봤고 강석은 내게 거실 구석에 누워 자고 있는 아이를 보여 줬다. 몸집이 아주 작은 어린아이였다.

"쟨 뭐야?"

깜짝 놀랐지만 목소리를 낮췄다. 아이는 누가 업어 가도 모를 정도로 곤히 자고 있었다.

"인천에서 오는 길에 만났어. 주변에 아무도 없어서 두고 올 수 없었어."

"아니, 그래도 이렇게 어린 애를 무작정 데려오면 어떡해?"

"그대로 두고 왔으면 큰일 났을 거야. 얘 입고 있는 거 봐."

강석이 두껍게 덮어 놓은 이불 때문에 정작 아이의 옷차림은 볼 수 없었다. 아이는 지친 얼굴을 하고 있었다.

"그래도 그렇지, 앞으로 어떡하려고? 데리고 있을 생각은 아니지?"

지금의 우리는 그 어느 것도 책임질 수 없다. 나 하나를 지키는 것도 힘에 부쳤다.

"일단 애들이랑 얘기해 봐야지. 우리도 돌아온 지 얼마 안 됐어."

강석의 얼굴엔 짙은 피곤이 자리 잡고 있었다. 벌써 낮이었고 어느새 맑아진 하늘에선 오랜만에 따스한 빛이 창문을 넘어 내려와 발치에 닿았다.

"깨어난 사람들…… 만났어?"

내 말에 강석은 아무 말 없이 그저 조금 웃었다.

"어떻게 됐는데?"

"한 시간 후에 모이기로 했어. 그때 같이 가. ……윤서는 좀 어때? 준영이한테 다 들었어."

강석의 말에 가슴 한편이 따끔거렸다. 윤서는 지금쯤 무사히 꿈의 세계에 도착해 행복한 하루를 보내고 있을 것이다. 슬프고 괴로운 일은 모두 잊고 자기가 원하는 삶을 살아가고 있을 것이다.

"자고 있어."

"많이 놀랐을 텐데, 고생 많았어. 난 준영이한테 가 있을게. 조금 있다가 윤서랑 같이 나와. ……아이 얘기는 그때 가서 다시 해."

강석은 뜨거운 물을 챙겨 밖으로 나갔다. 나는 곤히 잠든 아이를 바라보다가 굳게 닫힌 내 방문을 바라봤다. 문 너머엔 윤서가 있었다. 나는 엄마에게 갔다. 강석은 돌아오자마자 새 이불을 꺼내 엄마의 이불을 교체한 것 같았다. 새 이불은 보송했고 좋은 냄새가 났다. 나는 침대에 걸터앉아 엄마를 바라봤다. 아직 윤서의 잠든 얼굴을 바라볼 자신이 없었다. 윤서도 엄마처럼 편안한 표정일까. 좋은 꿈을 꾸고 있을까.

윤서의 상태를 확인해야 했다. 윤서가 꿈의 세계에 들어갔다면 생명 유지 장치를 달아 줘야 했고 수액을 구해야 했다. 집에 예비용 유지 장치가 하나 있었다. 수액도 넉넉했다. 윤서는 무사할 것이다. 약탈자의 손에 닿지 않을 것이다. 우리 집에는 누구도 함부로 침입할 수 없을 것이다.

나는 방문 앞에 섰다. 문고리를 잡기 망설여졌지만 문을 열어야 했다. 그 순간 선이 떠올랐다. 선의 목소리가 귓가에 맴도는 것만 같았다.

너 정말 바보구나. 윤서를 그렇게 혼자 두면 윤서가 죽어 버릴 거라고 생각 못 했어?

아니다. 윤서는 죽지 않는다.

그걸 네가 어떻게 알아. 너, 내가 죽을 줄 알았니? 그럴 걸 알면서 날 그냥 보냈니?

아니다. 선의 죽음에 내 잘못은 없다. 그건 선의 선택이었다.

정말 이기적이구나. 너 같은 애들 때문에 내가 죽은 건데. 억울

해. 억울하다고!

나는 결국 귀를 막아 버렸다. 귀를 벅벅 문지르기도 했다. 선의 목소리를 손으로 문질러 털어 낼 수만 있다면 귀가 떨어져도 괜찮다고 생각했다. 발끝부터 천천히 두려움이 차오르는 것 같았다. 제대로 호흡할 수 없었다. 편하게 숨 쉬는 법을 까먹은 것 같기도 했다. 나는 윤서를 떠올렸다. 이제 윤서에겐 나뿐이다. 내가 윤서의 곁을 지켜야 한다. 나는 문고리를 잡고 돌렸다. 천천히 문을 열고 안으로 들어갔다.

나는 윤서가 좋은 꿈을 꾸고 있길 기대했다. 그런데 윤서는 내가 상상한 모습과 달랐다. 윤서는 이불을 깨끗이 개켜 놓고 침대에 걸터앉아 있었다. 윤서는 꿈의 세계에 가지 않았다. 아니다. 윤서는 꿈의 세계에서 돌아왔다.

배 신

인천에서 돌아온 사람들은 하나같이 혀를 내둘렀다. 인천에는 생각보다 많은 사람들이 깨어 있었고 그만큼 분쟁도 많았다. 도서관에서 만난 기사 아저씨의 말처럼 깨어난 수면자가 더러 있었는데, 하나같이 더 이상 두려울 게 없는 사람처럼 구는 바람에 대화를 나누기가 어려웠다고 한다. 어렵사리 대화를 하게 된 사람도 대가를 요구했다. 가진 음식을 내주고 나서야 대화를 시작할 수 있었다.

"꼭 몇 날 며칠을 굶은 사람처럼 먹어 대더라니까."

송주 언니가 아직도 그 모습이 눈에 선하다는 듯 몸서리쳤다.

그 사람은 자신을 '맥스'라고 소개했다. 맥스라는 이름은 호주로 워킹 홀리데이를 떠났을 때 만든 것이라고 했다. 맥스는 잠에서 깨어나서 이상하게 먹어도 먹어도 계속 허기를 느꼈으며 음식을 먹지 않으면 힘을 낼 수 없었다고 했다.

"아마 계속 자고 있었으니까 그랬던 것 같아. 맥스 아저씨도 세 달 넘게 잠들었다가 깨어난 거래."

동혁이 덧붙였다.

"어떻게 깨어난 거래?"

"그게……."

내 질문에 동혁은 쉽사리 입을 열지 못했다.

"맥스 아저씨도 정확히는 모른대."

동혁 대신 입을 연 건 강석이었다. 우리의 모든 기대가 물에 닿은 솜사탕처럼 녹아 버렸다. 사람들의 표정이 눈에 띄게 어두워졌다. 힘든 시간을 견뎌 낼 수 있었던 건 수면자들이 무사히 깨어날 수 있을 거란 믿음 때문이었다. 모두의 믿음이, 모두의 기대가 한순간에 사그라져 버린 것 같았다.

"정확히는 모르지만 목소리를 들었대."

"목소리요?"

송주 언니가 말을 이어 갔다.

"아저씨한테 딸이 하나 있는데, 계속 딸의 목소리가 들렸대. 처음엔 별거 아니라고 여기다가 목소리가 점점 선명해져서 귀를 기울이니까 눈을 떠야겠다고 생각했대. 그러니까 바로 깨어났다고 하더라고."

"말을 걸면 깨어난다는 말이에요?"

준영이 반문했다. 송주 언니의 말을 이해하기 어려웠다. 부모님이 잠든 이후, 우리는 얼마나 많은 말을 건넸던가. 괜찮은 거냐고, 제발 깨어나 달라고. 하지만 아무 소용이 없었다.

"꼭 그런 건 아니겠지만, 맥스는 그랬대. 딸의 목소리가 들리고 나서 깨어나야겠다 생각했고, 그렇게 생각하니까 바로 깨어났대."

"그럼 스스로 깨어나야겠다고 생각해야 깨어날 수 있다는 건가?"

준영이 말했다. 가라앉은 준영의 목소리가 조금 슬프게 느껴졌다.

"배신당한 기분이네."

준영이 옅게 웃었다. 모두 아무 말도 하지 않았지만 같은 기분이었을 것이다. 도대체 우린 무엇을 지킨 걸까. 우린 수면자가 꿈속에 '갇혀' 있다고 생각했다. 깨어나고 싶어도 깨어날 수 없는 것이라 믿었다. 그래서 우리 곁으로 돌아오지 못하는 거라고. 하지만 아니었다. 그들은 그들의 의지로 돌아오지 않는 것이다. 꿈속이 너무 좋아서, 그곳이 너무 달콤해서, 그래서 바깥의 우리를 새까맣게 잊어버리고 만 것이다.

"얼마나 좋길래 그럴까."

찬미가 혼잣말하듯 중얼거렸다.

"왜, 너도 가 보려고?"

동혁이 장난치듯 물었고 찬미는 손사래를 쳤다. 모두가 조금 웃었지만 가라앉은 분위기는 쉽사리 풀어지지 않았다.

"저, 다녀왔어요."

윤서는 한 밤 사이에 조금 달라져 있었다. 방문을 열었을 때, 윤서는 어두워진 낯에 빛이 든 것처럼 보였다. 윤서는 나와 눈이 마주치자마자 다녀왔어,라고 했다.

"뭔 소리야?"

송주 언니가 어리둥절한 표정으로 물었다.

"꿈의 세계요. 제가 거기에 다녀왔어요."

듣는 사람들의 당황한 표정에도 윤서는 그저 차분한 목소리로 말했다.

"장난치지 마. 하나도 재미없어."

송주 언니의 말에 모두가 침묵으로 동의했다. 하지만 우리는 알았다. 윤서가 결코 이런 장난을 칠 애가 아니란 걸.

"……말도 안 되는 일이야. 도대체 어떻게……."

"어떻게 깨어났냐고요?"

송주 언니가 말을 잇지 못하자 윤서가 먼저 대답했다. 윤서는 잠들었다가 단 하루 만에 깨어났다. 꿈의 세계에서 빠져나오는 일이 이토록 쉬울 수 있다는 생각을 해 본 적이 없었다.

"그냥 꿈꾼 거 아니야? 꿈의 세계에 갔는데 어떻게 깨어나?"

"목소리가 들렸어."

동혁의 질문에 윤서가 대답했다. 나는 맥스의 말을 떠올렸다.

"내가 자각몽을 꾸는 것 같아."

자각몽, 루시드 드림. 자신이 꿈을 꾸고 있음을 인지하는 꿈을 말한다. 생각해 보면 윤서는 옛날부터 꿈 이야기를 자주 했다. 나는 좋은 꿈을 꿔도 깨어나면 잊곤 했는데, 윤서는 아니었다. 종종 꿈속에서 어떤 일이 일어났는지 세세하게 들려주곤 했다.

"꿈속에 있었지만 꿈이란 걸 알았어. 멀리서 강희랑 강석이의 목소리가 들렸어. 인천에서 사람들이 돌아온 걸 알게 됐고, 일어나야 한다고 생각했어."

"······정말 그렇게 깨어나는 거였어?"

윤서의 말에 모두가 조금씩 무너졌다. 자신의 부모가 자신을 외면하고 있다는 사실을 결국 받아들여야만 했다.

"꿈의 세계는······ 어땠어?"

찬미가 물었다. 순식간에 모두의 시선이 윤서에게 닿았다. 윤서는 옅게 미소 지었는데, 두 눈에는 금세 눈물이 차올랐다.

"엄마 아빠랑 밥을 먹었어. 일요일 저녁이었고, 함께 장을 보고 같이 요리했지. 내가 내일 학교 가기 싫다고 투정 부리면 아빠도 일하기 싫다면서 같이 놀러 가자고 농담하는 그런······ 꿈같은······ 일상이었어. 정말 깨고 싶지 않은 꿈이었어. 꿈이란 걸 몰랐다면 나도 절대······ 벗어나고 싶지 않았을 거야."

윤서는 잠깐 부모님을 만나고 왔다. 나는 윤서의 손을 잡았다. 윤서에게 나의 온기를 나눠 줄 수 있다면 몽땅 나눠 주고 싶었다.

"아이는 어떡할 거야?"

내 말에 모두가 약속이라도 한 듯 입을 다물었다.

"대책이 있으니 데려온 거 아니야? 설마, 무작정 데려온 건 아니지?"

"데려올 수밖에 없었어. 밖은 너무 추운데 애가 벌벌 떨고 있잖아."

송주 언니가 말했다.

"주변에 누가 있었을지도 모르잖아요. 가족이 있는 애를 데리고 온 거면 어떡해요?"

"……정말 그럴 거라고 생각해? 걔한테 가족이 있을 거라고?"

송주 언니의 말에 아무 대답도 할 수 없었다. 사실, 아무 생각도 하고 싶지 않았다. 그 아이를 생각하면 불쌍하고 지켜야 하는 게 마땅하지만 우린 그럴 수 없다. 우린 우릴 지키려 무던히 애쓰고 있었지만 계속 조금씩 무언가를 잃어 가고 있었다. 이런 상황에서 우리에게 또 다른 책임이 주어진다면 더 많은 것을 잃게 될 것이 분명했다.

"그래도 안 돼요. 돌려보내야 해요."

"어디로?"

강석이 말했다.

"원래 있던 곳에 데려다줘야지. 그렇게 어린데 혼자 지냈을 리 없어. 누군가 돌봐 줬던 거야."

"당분간만이라도 같이 있자. 날이 좀 풀리면, 그때 돌려보내든지 하자."

"그러다 그 애랑 같이 있던 사람들이 거길 떠나면 어떡해? 그럼 걔 진짜 혼자야."

"……그럼 우리랑 같이 있어도 되고."

강석의 대답에 말문이 막혔다. 강석은 자기가 무슨 말을 하고 있는지 아는 걸까. 지금 무엇을 책임지려고 하는지 아는 걸까. 지켜야할 것이 늘어나는 건 좋지 않다. 끝을 알 수 없는 것이라면 더더욱.

"걔를 키우겠다는 소리야?"

"일단 지켜보자는 말이야. 당분간이라고 했잖아."

"그래, 일단 당분간만. 아니면 개한테 가족이 있는지 알아봐도 되고. 당분간 돌아가면서 돌보는 걸로 하자."

준영이 끼어들었다. 나는 도무지 이 상황을 받아들일 수 없었지만 모두가 동의한 듯했다. 다들 천하태평해 보였다. 지켜야 할 사람이 하나 더 늘어난 거다. 그 의미를 모두 알고 있는 걸까. 나 하나도 제대로 지키지 못하고 있는 지금, 지켜야 할 사람이 늘어났다는 게 어떤 의미인지 알고 있는 걸까.

*

집에 돌아오니 아이는 여전히 자고 있었다. 우리는 발소리를 죽여 거실을 지났다. 돌아오자마자 윤서는 내 방에 들어갔다. 나는 어색하게 거실을 배회했다. 강석이 먼저 엄마 방에 들어갔고 문을 닫

지 않았다. 나는 마지못해 방 안으로 들어갔다. 엄마 방은 고요했
다. 엄마의 일정한 숨소리만이 유일한 소음이었다.

"엄마."

강석이 먼저 입을 열었다. 하지만 강석 또한 도대체 무슨 말을 해
야 할지 모르는 것 같았다. 애초에 우리는 엄마와 대화를 잘 나누지
않았다. 어떤 말이 엄마를 일어나게 할지 전혀 떠오르지 않았다.

"엄마, 다 듣고 있다며."

해야 할 말을 찾고 있는 강석 대신 내가 먼저 말했다.

"이제 다 들켰으니까 일어나. 그만 자고 일어나라고."

좋은 말은 나오지 않았다. 나는 그저 엄마가 괘씸했다. 엄마를 깨
워 도대체 왜 그랬냐고 소리치고 싶었다. 언제까지 우리에게 짐이
될 거냐고. 이럴 거면 나를 왜 낳았냐고. 끝내 엄마에게 하지 못한
말을 쏟아 버리고 싶었다.

"강석이 네가 해 봐. 엄마는 원래부터 내 말 안 들었어."

나는 방문을 닫고 나왔다.

엄마와 크게 다툰 날이 있었다. 중학교 3학년, 시험이 끝나고 집
에 늦게 돌아온 날이었다. 평소엔 전화 한 통 없던 엄마에게서 부
재중 전화가 와 있었다. 시험이 끝난 날이라 윤서, 홍주와 늦게까지
놀 계획이었다. 나는 엄마에게 다시 전화하지 않았다. 엄마가 몇 통
이나 다시 전화를 걸어왔지만 무시했다. 엄마는 아주 가끔 엄마인
척 굴었다. 딸이 걱정돼서 미칠 것 같은 엄마 흉내를 냈다. 집으로

돌아가자마자 엄마는 어디서 뭘 하고 왔냐고, 전화는 왜 받지 않았느냐며 화를 냈다. 나는 평소와 다른 엄마의 모습에 전전긍긍하기엔 너무도 커 버렸다. 그래서 결국 엄마에게 말해 버리고 말았다.

사랑하는 척 좀 그만해.

나는 뒤도 돌아보지 않고 방으로 들어가 문을 잠갔다. 옷도 갈아입지 않고 이불 속으로 들어갔다. 이어폰을 꽂고 소리를 키웠다. 문밖의 소리가 조금이라도 들어오지 않게 소리를 더 높였다. 눈물을 흘리고 싶지 않았다. 엄마에게 동요하고 싶지 않았다. 하지만 눈물이 났다. 엄마에게 한 말은 엄마를 베었고 나를 베었다.

나는 수다스러운 딸이 아니었으므로 엄마에게 말을 거는 일이 어색하고 낯간지러웠다.

"뭐라고 얘기했어?"

내 방에 들어가자마자 윤서가 물었다.

"어차피 안 들어."

"들렸다니까. 계속 말하다 보면 들으실 거야."

"강석이 할 거야. 엄마는 걔를 더 좋아해."

내 말에 윤서는 더 말을 잇지 않았다. 윤서는 평소에 내가 엄마를 어떻게 생각하는지 알았다.

"……윤서 너는 괜찮은 거야?"

"최강희. 나 그렇게 약하지 않아. 내 걱정은 그만해. 난 꿈의 세계에서도 돌아온 사람이잖아."

윤서가 장난스럽게 웃었다. 나는 순간 차오르는 눈물에 뒤로 돌아섰다.

"웃지 마."

목이 메었다. 가장 슬픈 사람은 부모님을 잃은 윤서였다. 그런 애 앞에서 내가 먼저 울면 안 됐다.

"넌 이름도 최강이면서 이렇게 약하면 어떡해?"

윤서가 등 뒤로 다가와 나를 안았다. 바보 같은 게 결국 나를 울리고 말았다.

"강희야."

"부르지 마."

나는 괜히 퉁명스럽게 윤서를 밀어냈다. 윤서는 아랑곳하지 않고 나를 더 강하게 껴안았다.

"네가 걱정해 줘서 얼마나…… 편안했는지 몰라. 정말 고마워. 난 계속 깨어 있을 거야. 그러니까 걱정 안 해도 돼. 믿어 줘."

윤서는 나와 눈을 맞췄다. 윤서의 곧은 눈빛이 내게 닿았다. 윤서의 눈에는 한 치의 거짓도 없는 것 같았다.

"아무것도 믿을 수 없어. 기대하고 실망하는 게 너무 괴로워."

"원래 믿는 건 어려운 거야. 천천히 하자. 나를 믿고, 나를 믿는 너를 믿어."

윤서는 어딘지 모르게 단단해진 것 같았다. 나는 아무 대책 없이 윤서를 믿어 버리고 싶어졌다. 윤서가 내미는 단단한 눈빛만으로 안전해지는 기분이 들었다.

"그리고…… 아직은 비밀인데, 꿈속에서 사람들을 봤어."

"그게 무슨 말이야?"

윤서와 나는 침대에 함께 앉았다. 나는 왠지 모르게 목소리를 낮추고 윤서의 말에 귀 기울였다.

"꿈의 세계가 다 연결되어 있는 것 같아. 그 속에 있는 사람들은 모르는 것 같은데, 꿈이란 걸 인식하고 나니까 알 수 있었어."

심장이 쿵쾅거렸다. 윤서는 꿈의 세계에 매몰되지 않고 의식할 수 있었다. 윤서가 깨어나길 원한다면 언제든 꿈속을 빠져나올 수도 있었다.

"그러면……."

"응, 내가 사람들을 깨울 수 있을지도 몰라."

나는 두 손으로 입을 막았다. 그렇게 하지 않으면 비명이라도 질러 버릴 것 같았다. 정말 가능하기만 하다면, 윤서가 수면자를 깨울수만 있다면, 어쩌면 우리는 일상을 되찾을 수 있을지도 모른다. 우리가 잃어버린 것들을 되찾을 수 있을지도 모른다.

"아직 확실한 건 아니야. 말을 걸어 보기도 전에 깨어났거든."

"누굴 봤어?"

"이동준."

이동준. 해길고에서 첫 번째로 잠든 학생. 지독한 학교 폭력의 피해자. 모두가 잠들 줄 알았다고 수긍하던 우울한 학생.

"학교 앞에서 잠든?"

"응. 계속 걷고 있었어. 너무 빨리 걸어서 잠을 수 없었어."

강석은 가끔 동준을 살폈다. 수액을 구할 수 없을 때도 동준의 수액을 확인했다. 약탈자가 학교까지는 가지 않은 듯했다. 지금 동준을 지키는 사람은 없었다. 오히려 아무도 지키지 않았기 때문에 눈에 띄지 않았던 걸까. 지키는 일은 언제나 소란스러웠다.

그때 울음소리가 났다. 숨을 죽이던 우리는 깜짝 놀라 거실로 나갔다. 거실에서 자고 있던 아이가 울고 있었다.

"왜, 왜 울어?"

엄마 방에 있던 강석도 놀라 뛰어나왔지만 마땅히 할 수 있는 건 없었다. 윤서가 아이를 안았다. 아이는 몸집이 작은 윤서의 품에 쏙 들어갈 만큼 작았다. 아이는 쉽게 울음을 그치지 못했다.

"엄마…… 엄마아……."

아이가 서럽게 울었다. 윤서는 아이의 등을 천천히 토닥였다.

"괜찮아, 괜찮아."

강석과 나는 가만히 서서 아무것도 할 수 없었다. 윤서가 아이를 달랠 때까지, 아이가 서서히 울음을 멈추고 진정할 때까지 우린 아무것도 할 수 없었다.

깨어난 수면자

"그러니까, 너는 민아리. 인천에서 엄마랑 같이 지냈다는 거지?"

"응."

아리는 자기를 여섯 살이라고 소개했지만 정확하진 않았다. 아리의 말은 때때로 앞뒤가 맞지 않아서 모든 말을 믿을 순 없었다.

"엄마 말고 다른 사람은?"

"엄마 친구들도 있었어."

"그럴 줄 알았어. 이제 데려다줘야 해. 얘 엄마가 찾고 있을 거야."

내 말에도 강석은 좀처럼 입을 열지 않았다.

"데려다줘야 한다니까. 지금 이거 납치야. 가족이 있는 애를 멋대로 데려온 거라고."

"정말 엄마가 깨어 계실까?"

강석의 말에 문득 화가 치밀었다.

"우리가 그것까지 생각해야 해?"

날카로운 내 목소리에 윤서가 아리를 데리고 방으로 들어갔다.

"강석아, 이성적으로 생각해. 지금 우리한테 돌봐야 할 사람이 하나 더 늘어나는 거, 절대 감당 못 해. 재한텐 가족이 있다잖아. 원래 있던 곳으로 보내야 해."

"분명 아리 혼자였어. 주변에 아무도 없었단 말이야."

"답답하게 굴지 마. 우린 쟬 책임질 수 없어. 우린 엄마 하나 보살피는 걸로도 벅차. 알면서 왜 그래?"

"인천으로 갔는데 주변에 아무도 없으면? 그럼 그대로 두고 와?"

"그건 그때 가서 생각해. 왜 무조건 없다고 생각해?"

"……저 애 엄마가 버린 거면 어떡할래. 아니면 모르는 곳에서 잠들어 버린 거면? 그래서 혼자 떠돌고 있던 거면?"

"그건 우리가 신경 쓸 문제가 아니야."

강석이 나를 빤히 쳐다봤다. 말 없는 강석은 무섭다. 강석은 아무 말도 하지 않았지만 무슨 말을 하는지 알 것 같았다.

넌 왜 이렇게 이기적이니?

종종 엄마에게 들었던 말. 나를 위하는 게 이기적인 거라면 난 언제나, 기꺼이 이기적이었다. 지금은 가장 이기적이어야 할 때였다.

"눈이 그치면 출발해. 네가 못 가겠으면 내가 가. 네가 집 지켜."

나는 강석의 대답을 듣지 않고 방으로 들어갔다. 방에는 윤서와 아리가 있었다. 아리는 조금 겁에 질린 표정으로 나를 올려다봤다. 정말 작고 연약한 어린아이였다.

"엄마, 화났어?"

아리가 말했다.

"나 네 엄마 아니야. 그리고 화 안 났어. 배 안 고파? 밖에 있는 오빠한테 맛있는 거 달라고 해."

"맛있는 거!"

아리가 신나서 밖으로 뛰어나갔다. 머리가 지끈거렸다.

"너무 그러지 마."

윤서가 말했다. 나는 침대에 엎드려 누웠다. 온몸의 힘이 빠져나간 기분이었다.

"너까지 그러지 마. 머리 아파 죽겠어."

"강석이 마음 약해서 그래. 너무 어린 애잖아."

"나도 알아. 그래서 화나. 도대체 어떤 부모가 저렇게 어린 애를…… 그래도 안 되는 건 안 되는 거야. 너도 괜히 정 주지 마. 곧 돌려보낼 거야."

윤서가 내 등을 천천히 토닥였다. 윤서는 말하지 않아도 아는 거다. 책임질 수 없으면 받아들여서도 안 된다는 것을.

"인천에 갈 때 같이 가. 나도 가고 싶어. 그런데 그 전에, 동준이를 깨워 보고 싶어."

윤서가 말했다. 나는 침대에서 일어나 자세를 고쳐 앉았다.

"할 수 있겠어?"

"일단 가능한지 확인해 보고 싶어. 말을 걸어 볼게."

윤서가 침대에 바르게 누웠다.

"바로 잠들 수 있는 거야?"

"……엄마 아빠를 생각하면 목소리가 들려. 그 목소리를 따라가면 꿈의 세계야."

나는 순간 방문 앞에서 들었던 선의 목소리가 떠올랐다.

"내가 이틀 넘게 일어나지 않으면 날 불러 줘. 그럼 바로 일어날게."

"……거긴 가짜라는 걸 잊지 마."

나는 윤서의 손을 잡았다. 윤서는 안심하라는 듯 내 손을 꽉 잡았다. 곧 윤서의 손에 힘이 빠지고 고른 숨소리가 났다. 나는 조심히 윤서의 손을 놓고 이불을 덮어 줬다. 윤서의 얼굴은 다른 수면자와 다르게 평온하지 않았다. 오히려 고뇌하는 것처럼 보였다. 윤서는 꿈속에서 동준을 찾기 위해 바삐 움직이고 있을 것이다.

엄마는 무얼 하고 있을까. 엄만 무슨 꿈을 꾸고 있을까. 엄마의 꿈속엔 내가 있을까. 윤서가 엄마를 찾았으면 좋겠다. 아니다, 찾지 않았으면 좋겠다. 엄마가 깨어났으면 좋겠다. 아니다, 엄마가 영영 깨어나지 않았으면 좋겠다. 엄마를 향한 마음이 단숨에 정리되지 않았다.

"윤서는 자?"

강석이 슬쩍 노크하고 방문을 열었다. 나는 화들짝 놀라 강석을 방 밖으로 데리고 나왔다.

"왜 그래?"

"윤서 많이 피곤해. 절대 깨우지 마. 아리도 들어가지 못하게 하고."

"아리도 방금 잠들었어. 배고팠는지 엄청 먹더라고."

강석이 더 묻지 않고 소파에 앉았다. 엄마가 잠든 방문은 굳게 닫혀 있었다.

"엄마, 깨어날 것 같아?"

나는 강석을 따라 소파에 앉았다.

"쉬울 거라곤 생각 안 했어. 그래도 계속 해 봐야지. 계속 부르다 보면 한 번쯤은 대답하실 거야."

"엄마한테 뭐라고 했어?"

강석이나 나나 엄마와 대화를 자주 나누는 편이 아니었다. 강석은 분명 좋은 아들이었지만 엄마에게 자기 일을 미주알고주알 이야기하는 아들은 아니었다. 여느 집 아들처럼 무뚝뚝한 편이었다. 엄마는 오히려 강석의 묵묵함을 좋아하긴 했지만, 그런 성격이 지금의 상황에선 별 도움이 되지 않았다.

"네가 엄청 보고 싶어 한다고."

"우웩. 왜 그런 거짓말을 해?"

"난 다 알아."

강석이 놀리듯 웃었다.

"괜히 할 얘기 없으니까 나 팔았지? 하긴 우린 원래도 잘 얘기 안 했는데, 갑자기 할 말이 생길 리 없지."

강석은 아무 대답도 하지 않았다. 대화가 많지 않았기 때문에 우리가 지금까지 가족일 수 있었던 걸지도 모른다.

"아예 시끄럽게 노래라도 불러 볼까? 엄만 시끄러운 거 질색하니까 일어나서 화낼 수도 있어."

"됐어. 그렇게 쉬운 일이었으면 진즉에 일어났겠지."

"뭐가 이렇게 어렵냐. 엄만 진짜 어려워. 옛날이나 지금이나."

"너는 엄마를 이해하려고 하지 않으니까."

강석의 말에 눈썹이 꿈틀거렸다.

"넌 엄마를 이해해?"

엄마는 윤서의 엄마처럼 다정하지 않았고, 홍주의 엄마처럼 내게 관심을 두지도 않았다. 나는 꽤 오랜 시간 동안 마치 엄마가 없는 아이처럼 자라 혼자인 게 익숙해져 버렸는데, 나를 그렇게 만들어 버린 엄마를 왜 이해해야 하는 걸까?

"엄만 한 번도 엄마다운 적이 없었어."

"너도 딸다운 적은 없었어."

"참 나, 난 그냥 집에 있는 것 자체가 딸다운 거지. 내가 집을 나간 것도 아니고, 큰 말썽을 부린 것도 아니잖아. 나 정도면 나름 착한 딸 아니야? 너는 뭐, 완벽한 아들이었겠지만."

강석은 엄마가 잠들기 전에도 종종 내게 엄마를 미워하지 말라고 했다. 그건 아무래도 소용없는 짓이라고. 엄마가 우리의 엄마인 것은 영영 변하지 않을 거라고. 나는 그날의 강석을 싫어한다. 강석의 말은 엄마가 영영 변하지 않는다는 말과 다름없었다. 나와 엄마는 영영 가까워질 수 없는 상태로 엄마와 딸이라는 관계 속에서 영원히 부패할 것이다. 강석은 다 알고 있다. 때때로 강석은 나의 쌍둥이 오빠 같지도, 엄마의 아들 같지도 않다. 가끔은 아주 멀리 있는 사람 같다.

"엄마가 깨어날까?"

"깨어날 거야."

강석은 확신했다. 나는 가끔 강석의 확신이 두려웠다.

아빤 돌아오지 않아.

어렸을 때, 나보다 고작 몇 분 먼저 태어난 강석이 현관문 앞에 앉아 아빠를 기다리는 내게 말했다. 눈물이 마구 쏟아졌지만 강석은 나를 달래 주지 않았다.

아빠는 안 와. 이제 아빠 없어.

강석은 힘주어 말했고, 확신했다. 강석의 말대로 아빠는 돌아오지 않았다. 아빠가 내게서 거짓말처럼 지워졌다.

"눈이 와."

강석의 말대로 눈이 내리고 있었다. 소리 없이 쌓이는 함박눈이었다.

"눈이 그치면…… 인천에 가자. 하지만 아리 엄마를 못 찾으면 다시 데려와야 해. 거기에 혼자 내버려 둘 순 없어."

"네가 무슨 소릴 하는지 알고는 있는 거야? 아리를 키우겠다는 말이잖아."

"아무도 없는 곳에 두고 올 수 없어. 그건…… 버리는 거잖아."

강석의 말에 아무 말도 할 수 없었다. 그러니 처음부터 데리고 오지 말았어야 했다고 말하고 싶었지만 곤히 자고 있는 아리 앞에서 그런 말을 할 수 없었다. 나도 안다. 우리 중 그 누구도 홀로 있는 아리를 두고 오지 못했을 것이다. 하지만 함부로 책임져서도 안 된다. 책임질 수 있다고 확신해서도 안 된다. 그건 아리를 두 번 버리는 것과 다르지 않다. 나는 강석에게 아무 말도 하지 않았다. 버려진다는 걸 제일 잘 아는 건 우리 둘이었다.

*

윤서는 하루가 넘어가도록 깨어나지 않았다. 여전히 미간을 찡그린 상태였고 조금 땀을 흘리기도 했다.

"이 정도면 깨워야 하는 거 아니야?"

홍주가 말했다. 홍주에게만큼은 윤서에 대해 숨길 수 없었다. 너무 오래 깨어나지 않는 윤서를 보고 겁에 질린 홍주에게 거짓말을 할 순 없었다. 홍주는 처음엔 잘 이해하지 못하는 것 같았지만 이내 윤서가 엄청난 일을 하고 있다는 것을 깨달았다. 우리는 함께 침대 옆에 앉아 윤서가 깨어나길 기다렸다.

"하루만 더 있어 보자. 이틀 지나면 깨우랬어."

"윤서 진짜 배고프겠다. 뭐라도 좀 가져올까? 일어나면 바로 먹을 수 있게."

"집에 먹을 거 있어. 일어나면 바로 꺼내 주자."

홍주는 잠든 윤서를 걱정하면서도 신기해했다. 누구라도 그럴 거다. 루시드 드리머, 꿈의 세계를 오갈 수 있는 수면자라니. 모두가 꿈에 취해 허우적거리고 있을 때, 윤서만큼은 파도에 휩쓸리지 않는다.

"송주 언니한테 안 가 봐도 돼?"

"이따 교대하기로 했어. 두 시간은 더 있어도 돼."

홍주가 하품을 하며 답했다.

"피곤하면 좀 자. 이불 가져다줄게."

"괜찮아. 왠지 금방 윤서가 일어날 것 같아. 아까부터 눈썹이 움찔거려."

홍주가 윤서의 잠든 모습이 재미있다는 듯 킥킥거렸다.

"윤서가 해냈으면 좋겠다. 그럼 정말 엄마 아빠가 깨어날 수도 있는 거잖아. 두 분이 깨어나면 나는 꼭 하고 싶은 말이 있어."

홍주가 자세를 고쳐 앉아 졸린 눈에 힘을 주었다. 그 모습이 사뭇 결연해 보였다.

"나는 엄마 아빠를 끝까지 지켰다고 말할 거야. 그리고 엄마 아빠를 믿었다고 꼭 얘기할 거야. 엄마 아빠는 날 믿지 못했지만, 난 그랬다고. 끝까지 믿었다고. 그러니까…… 이제 날 믿어 달라고 말할 거야."

홍주는 몸에 힘을 잔뜩 주고 말했다. 홍주의 부모님은 송주 언니에게 거는 기대가 너무 커서 홍주에겐 상처를 줬다. 하지만 홍주는 포기하지 않았다. 부모님이 만족할 때까지 노력하고자 했다. 힘든 순간은 많았지만, 자신을 인정해 주지 않는 부모님을 미워하면서도 끝내 인정받길 원했다. 홍주의 말을 들으면 두 분은 어떤 표정을 지으실까. 나는 그저 홍주의 부모님이 아무 말 없이 홍주를 안아 주면 좋을 것 같다. 아무 말도 하지 않고 그저 등을 토닥여 주면 좋을 것 같다.

윤서는 홍주가 송주 언니와 교대하러 가기 직전에 깨어났다. 윤서는 잠들지 않았던 사람처럼 멀끔히 일어났다. 그러곤 나와 홍주를 바라봤다. 윤서의 눈이 확신과 불안 사이를 바쁘게 오가고 있었다.

"가자."

윤서의 말에 우린 용수철처럼 방 밖으로 뛰어나갔다. 도어 록을 열고 우르르 집 밖으로 달려갔다. 눈이 여전히 내리고 있었지만 바람은 불지 않아 평화로운 오후였다. 수면자를 지키는 사람들이 졸음을 견디다가 갑작스러운 발소리를 잔뜩 경계하며 일어났지만 발소리의 정체가 미친 듯 달려가는 여자애 세 명이란 걸 확인하곤 다시 앉았다.

우리는 해길고 교문을 보고 나서야 멈춰 섰다. 심장이 터질 것 같았다. 쿵쾅거리는 심장 소리가 북처럼 들렸다.

우린 빠르게 동준을 찾았다. 동준은 교문 앞에 있었다. 더 이상 학교의 역할을 하지 못하는 학교는 조용하고 음산했다.

"동준아?"

동준은 예전에 강석이 고정해 둔 파라솔 밑에 있었다. 여느 수면자처럼 조금 기울어진 채 가만히 서 있었다. 우리의 발걸음이 눈에 띄게 느려졌다. 불안정하게 헐떡이던 숨은 다시 원래의 박자로 돌아왔지만 심장은 여전히 달리고 있었다. 학교까지 달려올 때보다 더 요동쳤다. 동준의 어깨가 조금씩 떨리는 것 같았다. 미세하게 떨리던 어깨가 점점 크게 들썩였다. 잘못 본 건 아닌지 눈을 비벼 봐도 동준은 분명 움직이고 있었다. 동준은 파라솔 밑에서 울고 있었다.

"괜찮아……?"

윤서가 동준에게 다가가 물었다. 동준의 입술이 파랗게 부르터 있었다. 안색이 눈에 띄게 안 좋았다. 동준은 곧바로 쓰러질 사람처럼 비틀대다가 결국 바닥에 주저앉았다. 우리는 어쩔 줄을 몰랐다. 애초에 동준과 인사를 나눈 적도 없었다. 우왕좌왕하는 사이, 동준의 목소리가 들렸다. 동준은 계속 중얼거리고 있었다. 목소리가 너무 작아 귀를 기울여야 했다.

"조금만 크게 말해 봐. 뭐라고?"

홍주가 답답한지 동준의 얼굴에 가까이 귀를 갖다 댔다. 동준은 있는 힘을 모두 짜내 말했다.

"배고파……."

루시드 드림

윤서의 이야기

몽롱한 기분이 든다. 정신을 차려 보니 길 위에 서 있다. 익숙한 길이다. 담장 사이사이에 핀 꽃들이 바람 부는 대로 살랑거린다. 평화로운 오후다.

집 앞에 엄마가 있다. 어버이날에 선물한 하늘색 원피스를 입고 나를 본다. 나는 엄마의 웃음을 좋아했다. 그러나 지금 엄마의 웃음은 어색하다. 엄마가 나를 보고 웃는 게 이상하다.

엄마. 웃지 않아도 돼. 그만 웃어도 돼.

엄마는 꿈의 세계에서 웃고 있었을까. 조금 더 일찍 이곳에 왔다면 엄마 아빠를 깨울 수 있었을까. 엄마가 내게 손짓했다. 맛있는 냄새가 났다. 어느새 엄마 옆에 나타난 아빠가 나를 불렀다.

윤서야, 저녁 먹자. 오늘은 윤서가 제일 좋아하는 걸 만들었지.

아빠가 웃었다. 빨리 동준을 찾아야 하는데 발이 떨어지지 않았다. 당장 엄마 아빠에게 달려가 안기고만 싶었다. 잠깐 저녁만 먹는 거라면 괜찮지 않을까. 엄마 아빠는 차분히 나를 기다렸다. 내가 걸음을 떼길 기다렸다. 재촉하지 않았다. 그러나 나는 뒤돌았다. 내가 해야 할 일은 동준을 찾는 일이다. 동준을 깨우는 일이다. 나는 엄마 아빠와 멀어졌다. 애초에 영영 멀어진 우리였지만 꿈의 세계에선 그런 현실이 도무지 받아들여지지 않았다.

길가에 종종 사람이 보이긴 했지만 금세 사라져 버렸다. 말을 걸어도 무시했고 내가 옆에 있는 걸 알아채지 못하는 사람도 더러 있었다. 그들은 너무 평온해 보여서 말을 거는 것만으로도 내가 꼭 방해자가 된 것만 같았다.

동준을 찾는 건 어렵지 않았다. 동준은 담장 밑에 핀 동백꽃을 보다가, 벽을 멋지게 타고 넘어가는 장미를 보다가, 살랑거리는 벚나무를 보다가, 그림 같은 하늘을 보며 걸었다. 계절과 상관없이 제멋대로 피어 있는 꽃들이 동준에겐 조금도 이상해 보이지 않는 듯했다. 나는 천천히 동준의 옆으로 다가갔다. 동준은 바로 옆에 따라붙은 나를 쳐다보지 않았다. 다만 계속 걸었다. 지치지도 않은지 계속 걷기만 했다.

"동준아."

나는 조심스레 동준을 불렀다. 햇볕이 좋은 탓에 자꾸만 나른해졌다. 동준은 대답하지 않았다.

"김동준."

조금 더 큰 목소리로 동준을 불렀지만 동준은 여전히 들은 체도 하지 않았다. 동준의 걸음은 느리지도 빠르지도 않았다. 동준은 산책을 즐기고 있었다. 나는 동준의 앞을 가로막았다. 영영 멈추지 않을 것 같던 동준의 발이 드디어 멈춰 섰다. 동준은 그제야 나를 봤다.

"방해하지 마."

동준의 목소리는 차가웠다. 방금까지 평화로운 얼굴로 산책을 즐기던 사람이라곤 믿을 수 없을 정도였다.

"이제 가자."

동준은 내 말을 무시하고 나를 지나쳤다. 동준의 걸음이 조금 빨라졌다. 지금 놓쳐 버리면 또 한참을 찾아야 할지도 몰랐다.

"깨어나야 해. 여긴 가짜야."

동준은 여전히 내 말을 듣지 않고 걸었다. 걸음이 빨라진 탓에 거의 뛰다시피 동준을 쫓아야 했다. 동준은 힘든 기색이 없었지만 나는 턱끝까지 숨이 차올랐다. 다리에 힘이 풀려 결국 넘어지고 말았지만 동준은 돌아보지 않았다.

그 순간 나는 울컥하는 마음을 숨길 수 없었다. 꿈의 세계를 오갈 수 있음을 알고 기대에 부풀었다. 어쩌면 잠든 모두를 깨울 수 있을지도 모른다고, 이 긴 슬픔을 끝낼 수 있을지도 모른다고 생각했다. 하지만 동준은 내 말을 듣지 않았다. 나를 무시하고 진실을 외면했다. 동준은 내 말을 들어야 한다. 깨어나야 한다.

"김동준!"

나는 있는 힘을 모두 짜내어 동준을 붙잡았다. 동준은 화들짝 놀라 나를 떼어 내려 했지만 놓치지 않았다.

"이거 놔! 나 좀 내버려 둬!"

동준이 울부짖듯 소리쳤지만 나는 놓아줄 수 없었다. 동준에게 진실을 알려 줘야 했다.

"여긴 꿈의 세계야. 넌 잠들었어. 다른 어른들처럼 잠들었다고."

"무슨 소릴 하는 거야."

동준이 내 손을 억지로 떼어 내려 했지만 벗어나려 할수록 나는 동준의 팔을 더욱 강하게 붙잡았다.

"여긴 가짜라니까? 깨어나야 해. 네가 얼마나 오랫동안 잠들어 있었는지 알아? 일어나. 깨어나."

"됐어."

"깨어나야 해."

"됐다니까!"

동준이 끝내 내 손을 뿌리쳤다. 동준은 화가 난 얼굴로 나를 쳐다봤다.

"네가 뭔데 난리야? 내버려 둬. 방해하지 마. 난 지금이 좋아. 어디에도 가고 싶지 않아."

동준이 다시 걸었다. 나는 동준의 뒤통수를 있는 힘껏 내려쳤다. 동준은 뒤통수를 붙잡고 그 자리에 주저앉았다.

"나도 여기 있고 싶어! 할 수만 있으면 계속 여기 있고 싶다고."

"그러면 되잖아."

동준이 억울한 표정으로 나를 올려다봤다. 여기엔 엄마도 있고 아빠도 있다. 여기엔 걱정도 없고 지킬 것도 없다. 하지만 이곳의 모든 건 가짜다.

"여기선 행복할 수 없어. 이건 다 가짜야."

나는 주저앉은 동준을 일으켜 세우고 손을 잡았다.

"깨어나. 길 한복판에서 이러지 말고, 이제 일어나."

"난 좀 더 걷고 싶어."

"깨어나서 걸어."

"하지만……."

나는 어물쩍거리는 동준의 손을 꽉 잡았다.

"여기 계속 있다간 죽을지도 몰라. 밖은 이미 겨울이야. ……이미 많은 사람들이 죽었어. 너도 그렇게 되고 싶은 거야? 죽고 싶은 거야?"

동준은 고개를 저었다. 동준의 눈엔 어렴풋한 두려움이 서려 있었다.

"그럼 깨어나. 깨어나고 싶다고 생각해. 깨어나면, 내가 옆에 있을게. 데리러 갈게."

"왜 그렇게까지 하는 건데? 우린 친하지도 않았잖아."

동준이 물었다.

"그런 건 중요하지 않아. 다들 무사히 깨어났으면 좋겠어. 무사히······ 돌아왔으면 좋겠어."

강희와 홍주의 목소리가 들리는 듯하다. 나를 기다리는 목소리.
내가 괜찮길 바라는 목소리.

"무사히 돌아와."

나는 동준의 손을 놓았다. 동준은 멍한 표정으로 나를 쳐다보기
만 했다. 나는 눈을 감았다. 이제 일어나야지, 하고 생각하는 순간
눈이 떠졌다.

비 밀

　동준을 집으로 데리고 왔다. 동준을 본 강석은 귀신이라도 본 것처럼 깜짝 놀라 말도 제대로 하지 못했다. 하지만 우린 강석에게 동준의 일을 설명할 정신이 없었다. 당장 배고파 죽을 것 같은 동준에게 음식을 내줘야 했고 처음엔 몰랐지만 동준에게선 지독한 냄새가 났다. 나는 물을 끓이고 윤서는 음식을 준비했으며 홍주는 대충이라도 씻으라며 동준을 화장실 안으로 집어넣었다. 집 안은 순식간에 복작복작해졌다.

　"옷 좀 줘."

　홍주가 강석에게 말했고 강석은 어안이 벙벙한 채로 방에서 옷을 가져왔다.

　"……뜨거운 물 안 나와?"

　화장실 안에서 동준의 목소리가 힘없이 들려왔다. 나는 김이 오른 물을 냄비째 화장실 앞으로 가져갔다.

"뜨거운 물은 안 나와. 일단 이거랑 섞어서 씻어 봐."

곧 화장실 문이 열리는 소리가 났다.

"내가 들게."

동준이 힘을 쓰지 못하자 강석이 대신 냄비를 들어 화장실 안에 넣어 주었다. 곧 물소리가 들렸다.

"도대체 어떻게 된 거야? 언제 깨어난 거야? 아니, 어떻게 깨어난 거야?"

"잠깐, 잠깐. 다 얘기할게. 일단 물 좀 끓이고. 배고파 죽겠대."

나는 다른 냄비에 물을 부었다. 우리는 단시간에 지쳐 버리고 말았다. 윤서는 기절할 듯 소파에 누워 버렸고 홍주는 흥분을 감추지 못한 채 서 있다가 강석 뒤에 숨어 있는 아리를 발견하곤 다가갔다.

"네가 아리구나? 여긴 복잡하니까 언니랑 나갈까? 언니 집에 맛있는 코코아 있는데."

홍주의 말에 아리가 머뭇거리다가 홍주의 옆으로 갔다. 홍주는 아리가 놀라지 않게 손을 잡았다.

"나 일단 언니랑 교대해야 하거든? 언니 보낼 테니까 설명해 줘. 아리는 이따가 데리고 올게."

홍주가 왠지 아쉬운 표정으로 집을 나섰다. 물이 끓고 라면을 넣자마자 동준이 비척비척 화장실 밖으로 걸어 나왔다. 동준의 안색이 눈에 띄게 안 좋았다. 얼굴이 조금 검었으며 입술이 파랬다. 라면 냄새를 맡은 동준의 눈이 번쩍였다. 동준은 다 익지도 않은 면을 허겁지겁 먹기 시작했다. 함께 꺼내 놓은 참치캔과 황도, 과자 등을 숨도 쉬지 않고 먹어 댔다.

"좀 천천히 먹어."

타이르는 듯한 윤서의 말에도 동준은 속도를 늦추지 않았다.

"아, 좀 흘리지 말고!"

여기저기 음식을 흘려 대는 통에 소리를 지르지 않을 수 없었다. 곧 송주 언니가 왔다. 송주 언니의 얼굴엔 거대한 물음표가 떠 있는 듯했다.

"이게 대체 무슨 일이야?"

송주 언니는 홍주처럼 흥분을 감추지 못했다. 묘한 기대감으로 부풀어 있는 것도 같았다. 동준이 대답할 겨를도 없이 음식을 먹어 대는 통에 윤서가 대신 상황을 설명해야 했다.

"꿈의 세계가 연결되어 있는 것 같아요. 제가 꿈속에서 동준이를 봤어요."

"네가 동준이를 깨웠다는 말이야? 꿈속에 들어가서? 대체 어떻게? 아니, 애초에 그 세계엔 어떻게 들어간 건데? 그게 마음대로 되는 거야?"

송주 언니가 질문을 쏟아냈다. 강석 또한 송주 언니의 옆에서 윤서의 말을 기다렸다. 항상 차분하기만 하던 강석도 윤서의 대답을 기다리는 게 힘이 드는지 안절부절못하는 모습이었다.

"제가 자각몽을 꾸는 것 같다고 얘기했었죠? 처음 꿈의 세계에 갔을 때, 꿈이란 걸 알고 나니까 다른 사람들이 보였어요. 각자 다른 일을 하고 있었는데, 동준이를 봤어요. 동네를 계속 걷고 있더라고요. 그래서 말을 걸어 볼까 했는데, 너무 빨리 걸어서 따라잡을 수 없었어요. 처음 꿈의 세계로 갔을 땐 강석이 돌아왔다고 하니까 당장 일어나야 한다고 생각해서 일어났지만, 두 번째로 잠들었을 땐 꼭 불러 봐야겠다고 생각했어요. 어쩌면, 어쩌면 제가 깨울 수도 있을 것 같아서……. 그곳이 가짜라는 걸 알면 깨어나고 싶어지지 않을까 해서……."

"그럼 정말로 네가 동준이를 깨웠다는 거야……?"

윤서가 고개를 끄덕이자 송주 언니가 입을 틀어막았다. 송주 언니의 눈이 조금 붉어졌다. 차오르는 눈물을 애써 삼키는 듯했다.

"먼저 말 못 해서 죄송해요. 저도 확신이 없었어요. 꿈에서 동준이를 발견하는 건 쉬웠는데, 제 말을 듣지 않았어요. 너무 빨리 사라져 버려서 내내 달렸어요. 동준이가 제 목소리를 들을 때까지."

"혹시, 우리 부모님은 못 봤어?"

송주 언니는 부푼 기대를 애써 가라앉히며 말했다.

"거리에 있는 사람은 적었어요. 부모님이 있을 만한 곳을 말해 주면 제가 찾아볼게요. 다들 어디든 계실 거예요. 아마…… 다들 원하는 꿈을 꾸고 있을 거예요. 전 집이었어요. 제가 가장 원하는 건 평범한 일상이었으니까요."

윤서의 말에 송주 언니는 실망을 숨기지 못했다. 송주 언니는 부모님이 계실 만한 곳이 떠오르지 않는 듯했다.

"근데 너는 왜 걷고 있었어? 그것도 혼자서?"

윤서가 동준에게 물었다. 동준은 벌써 라면을 세 개째 먹고 있었다. 허기가 조금은 채워진 듯 먹는 동작이 느려졌다.

"걷고 싶었어. 그래서 계속 걸었지."

동준의 답은 너무 간단했다. 잠시 아무도 다른 질문을 할 수 없을 정도로.

"그런데 이게 다 무슨 일이야? 고작 며칠 만에 전기랑 핸드폰도 끊긴 거야?"

"너…… 얼마나 잠들어 있었는지 몰라?"

송주 언니가 기가 막히다는 듯 입을 벌렸다.

"난 길어 봐야 몇 시간 걸어 다닌 것 같은데……."

"몇 달 동안 잠들어 있었어. 벌써 12월이야. 물론 2029년이고."

강석의 말에 동준은 먹던 것도 멈추고 멍한 표정을 지었다.

"……그럼 부모님은……."

우린 아무 말도 할 수 없었다. 아무리 강석이라도 동준의 부모님까지 챙길 순 없었다. 강석은 동준의 부모님이 누군지 몰랐고, 설사 알았다고 해도 어디서 잠들었는지 알 길이 없었다.

동준은 부모님을 확인해야겠다고 했다. 자꾸 비틀거리는 동준을 강석이 부축했다. 지난 일 년 동안 얼마나 많은 사람이 죽었는지 우린 알았다. 많은 시체를 봤고 코앞에서 죽음을 목격하기도 했으며 직접 죽음을 수습해 왔다. 동준은 여전히 일 년 전에 있는 듯했다. 강석은 동준의 실낱같은 희망을 끊지 않았다. 다만 동준의 뒤에 서 있기로 했다.

동준의 어머니는 집 안에, 아버지는 지하철역 안에 있었다. 얼굴은 더 이상 알아볼 수 없었고 코를 헐게 하는 끔찍한 냄새가 났다. 동준은 애써 먹은 음식을 모두 토했다. 동준은 모든 것을 게워 냈다. 실낱같은 희망까지.

강석은 동준을 도와 시신을 수습했다. 아무리 강석이라도 부패한 시신을 다루는 건 결코 익숙해지지 않았겠지만 구태여 동준의 앞에서 내색하지 않았다.

"고마워."

집으로 돌아온 동준이 강석에게 말했다. 강석은 별거 아니라는 듯 어깨를 으쓱였다.

"부모님 일도 그렇고, 날 계속 챙겨 준 거. 윤서가 그러더라. 날 보살펴 주는 사람이 있었다고. 너 아니었으면 난 벌써 죽었을 거라고. ……고마워. 죽고 싶었던 건 절대 아니었거든."

잠들게 된 그날, 동준은 학교에 갔다. 학교는 더 이상 문을 열지 않았지만 동준은 공부를 해야 한다고 생각했다. 어른들은 곧 잠에서 깨어날 것이고 자신은 예정대로 수능을 볼 거라고 생각했다. 잠간 세상이 흔들렸지만 곧 원래대로 돌아갈 거라고. 동준의 꿈은 좋은 대학이었다. 고등학교 생활 내내 괴롭힘을 견딜 수 있었던 힘은 그곳에 있었다. 삼 년이면 된다는 믿음. 삼 년만 지나면 자신을 괴롭혔던 못난 인생들과 영영 엮일 리 없는 삶을 살게 될 거란 믿음. 동준은 도저히 견딜 수 없을 때마다 그 믿음을 떠올렸다. 그리고 버텼다. 고지가 코앞이었다. 고작 일 년. 자신이 버틴 시간이 몇 년인데 고작 일 년을 버티지 못할까. 동준은 그렇게 생각했다.

하지만 교문 앞에서 잠든 선생님들을 보니 믿음이 흔들렸다. 너무도 평온한 표정을 짓고 있는 어른들을 보니 화가 나기까지 했다. 가장 참을 수 없었던 건 흔들리는 자신을 아무도 붙잡아 주지 않았다는 사실이다. 끝내 멀리 날아가 버릴 것만 같을 때에도 어른들은 동준을 붙잡지 않았다. 동준은 언제나 텅 빈 손을 숨기기 위해 주먹을 쥐어야 했다. 주먹이라도 쥐어야 손이 시리지 않았다. 그때 동준은 목소리를 들었다. 잠깐 쉬자는 자신의 목소리였다. 조금만 쉬고 나면 다 원래대로 돌아올 거라고. 다시 학교가 문을 열고, 수능을 보고, 오래 준비한 만큼 좋은 결과가 있을 거라고. 그러면 너는 지긋지긋한 십 대 시절을 훌훌 털어 버리고 새로운 이십 대를 맞이할 거라고. 그러니까 잠깐만 쉬자고.

"오히려 너무 살고 싶었던 것 같아. 계속 살고 싶어서 목소리를 따라갔어. 그대로 학교에 가면 꼭 죽을 것만 같았거든."

동준은 안정을 되찾았다. 처음 봤을 때보다 안색이 좋아졌고 다리에 힘도 생겼다. 여전히 배고픔을 느끼지만 못 견딜 정도는 아니라고 했다.

"내가 너무 일찍 깨운 걸까?"

"아냐. 네가 그랬잖아. 죽고 싶은 거냐고. 죽고 싶으면 계속 여기 있으라고. 그래서 깨어났어. 깨어날 수 있었어."

동준이 조금 웃었다. 윤서가 조금 민망한 듯 머리를 긁적였다.

"그렇게 세게 말할 생각은 아니었는데…… 미안해."

"다 네 덕분이야. 고마워. 그나저나, 학교도 안 가고 뭘 하면서 지내야 하나? 학생이 아닌 나를 생각해 본 적 없는데."

동준의 말이 모두에게 닿았다. 우린 예전의 우리가 아니다. 우린 더 이상 학생이 아니었고 어쩌면 두 번 다시 학생이 될 수 없을지도 모른다. 12월이 지나고 있다. 곧 새해가 되면 우린 스물이 된다. 우린 곧 어른이 된다. 어쩌면 이미 어른인 걸지도 모른다.

*

윤서가 동준을 깨운 이야기는 우리끼리만 알고 있기로 했다. 우리들은 부모님이 꿈속 세계에서 계실 법한 장소를 떠올렸다.

"외국 같은 데 계시면 어쩌지? 다낭 여행했을 때 엄마 진짜 좋아하셨는데……."

동혁이 손톱을 물어뜯으며 말했다.

"꿈의 세계가 막 현실 같진 않아. 집에 있다가도 갑자기 밖이 되기도 해. 그래서 더 찾기 어렵겠지만……."

윤서가 길게 하품했다.

"일단 좀 잘게. 꿈속을 내내 뛰어다녔더니 너무 피곤해."

윤서의 눈이 자꾸 감겼다. 모두가 서둘러 윤서를 방으로 보냈다. 윤서는 추운지 몸을 동그랗게 말고 이불을 바짝 끌어 덮은 뒤 눈을 감았다.

"아직도 믿기지 않아."

송주 언니가 말했다. 동준이 돌아왔음에도 우린 여전히 의심할 수밖에 없었다. 기대들이 배신당하는 나날이었다.

우리는 윤서의 잠을 방해하지 않기로 했다. 다들 집으로 돌아갔고 동준도 일단 집으로 돌아가기로 했다. 강석은 함께 지낼 것을 권유했지만 동준은 거절했다.

"민폐는 그만 끼치고 싶어. 집도 정리해야 하고. 내가 도울 일이 있으면 언제든 말해 줘."

동준은 씩씩하게 집으로 돌아갔다. 우린 동준의 의연함이 꾸며낸 것임을 알았지만 위로하지 않았다. 누구도 동준의 슬픔을 대신할 순 없을 테니까. 동준이 가고 아리가 돌아왔다. 아리는 홍주네 집에서 가져온 인형을 품에 안고 있었다.

"홍주 언니가 줬어?"

"응. 언니는 이제 필요 없대. 이제 아리 친구야."

아리는 아기를 재우듯 조심스럽게 인형을 흔들었다.

"아리야, 눈이 그치면 집에 데려다줄게. 그때까지 얌전히 지내야 해?"

내 말에 아리가 고개를 끄덕이곤 소파에 누웠다.

"혼자 잘 수 있어?"

"쉬잇. 혼자 아니야."

아리가 인형을 토닥거렸다. 인형을 쓰다듬을수록 아리의 눈이 감겼다. 아리에게 이불을 덮어 준 뒤, 엄마 방으로 들어가 침대에 걸터앉아 강석에게 물었다.

"엄마가 있을 만한 곳 생각나는 데 있어?"

사방이 조용해지자 졸음이 쏟아졌다. 얼마 만에 느껴 보는 나른함인지. 온몸이 녹을 것처럼 늘어졌다.

"집 아닐까? 거의 집에 있었으니까."

"집에 있는 게 행복해 보이진 않았는데."

엄만 주로 집에 있었지만 집을 좋아한다기보단 집을 떠날 수 없는 것처럼 보였다. 집 밖으로 나가는 걸 두려워하는 것처럼 보이기도 했다. 하지만 엄마가 집 아닌 다른 곳에 있다는 생각은 할 수 없었다. 엄마는 집에 있는 게 자연스러운 사람이었다.

"나도 다른 곳은 생각 안 나. 딱히 뭘 하고 있을 것 같지도 않고. 꿈에서도 자고 있지 않을까?"

윤서가 엄마를 찾는 일은 어렵지 않을 것이다. 엄마는 방 안에 누워 가장 좋아하는 짐노페디 1번을 들으며 잠을 자고 있을 것이다.

내가 걱정하는 것은 엄마를 찾지 못하는 것이 아니다. 내가 걱정하는 것은 엄마가 깨어나고 나서의 일이다. 엄마가 깨어나면, 진짜로 깨어나게 된다면 어떻게 해야 할까. 엄마는 지금의 세계를 이해할까. 자신이 그토록 오래 잠들었었다는 걸 인정할까. 우리에게 고마워할까. 단잠을 깨웠다고 화를 낼까. 화를 내면 우린 뭐라고 말해야 할까.

돌아온 사람들

　윤서가 두 번째로 깨운 사람은 준영의 아빠였다. 아저씨는 넓은 필드에서 골프를 치고 있었다. 아저씨가 치는 공은 한 번의 실패도 없이 모두 홀인원이었다. 아저씨는 끊임없이 이어지는 꿈같은 일을 전혀 의심하지 않았고 주변의 환호를 즐기며 계속 공을 쳤다. 준영은 아버지가 몇 달이나 골프 치는 꿈을 꿨다는 사실에 화낼 생각도 하지 못하고 웃어 버렸다.

　"그럴 줄 알았어. 골프에 환장한 아저씨거든."

　아저씨를 깨우는 일은 그리 어렵지 않았다. 윤서는 바깥의 상황을 있는 그대로 설명했고 준영이 얼마나 오래 고생하고 있는지 이야기했다. 아저씨는 처음엔 윤서를 말 많은 캐디라고 생각했다가 이내 자신이 있는 곳이 가짜라는 걸 받아들였다. 아저씨는 그렇게 깨어났다.

"이게 다 무슨 일이냐."

준영의 아빠를 보는 건 처음이었다. 꿈의 세계에서 나온 아저씨는 동준처럼 미칠 듯한 허기에 시달렸고 잘 걷지 못했으며 냄새가 났다. 수면자일 때는 맡을 수 없던 냄새였다. 아저씨는 상태가 호전되고 나서 우리 집에 찾아왔다. 아저씨는 꼭 다른 세계 사람처럼 낯설었다. 아무리 함께 있어도 익숙해질 수 없는 어떤 분위기가 아저씨를 둘러싸고 있었다.

"미안하다. 우리 때문에 너희들이……."

아저씨는 말을 잇지 못했다. 아저씨는 자신이 그토록 오랜 시간 잠들었다는 사실이 믿기지 않는 모양이었다. 하지만 여전히 잠들어 있는 준영의 엄마를 보고 이 모든 것이 현실임을 깨달을 수밖에 없었다. 윤서는 아직 꿈속에서 아줌마를 찾지 못했다. 깨워야 할 사람이 많아서 순서는 다음으로 넘어갔지만 아저씨가 깨어난 이상 아줌마는 전보다 안전할 것이었다. 모두가 조금씩, 안전해질 것이었다.

우리는 순서를 양보했다. 찬미도 마찬가지였다. 수면자가 집에서 잠든 경우면 좀 더 차분히 기다릴 수 있었다. 일 년이 다 되도록 꼬박 기다렸는데 단 며칠이야 상관없었다. 기다리는 일은 우리에게 너무도 익숙했다. 우린 빠르게 안정을 되찾았다. 두려움이 눈 녹듯 사라졌다. 윤서는 정신없이 꿈속을 뛰어다녔지만 한 번도 힘들다는 말을 하지 않았고, 우리는 재촉하지 않았다.

동혁의 부모님, 홍주의 엄마, 준영의 엄마가 차례로 깨어났다.

홍주는 며칠 동안 울었다. 엄마가 깨어나자마자 아이처럼 울음을 터트리더니 한참 동안이나 멈추지 못했다. 정신을 차린 아줌마와 송주 언니가 홍주를 달랬지만, 달래면 달랠수록 홍주는 더 아이처럼 울었다. 홍주는 놀이공원에서 엄마를 잃어버린 아이처럼 서러워했다.

다음은 찬미의 언니 은혜였다. 윤서는 꼬박 이틀을 꿈의 세계에 있었지만 은혜 언니를 찾지 못했다. 찬미가 말해 준 그 어디에도 은혜 언니는 없었다. 꿈속은 너무도 고요했고 윤서는 내내 외로웠다고 한다. 꿈속인데도 추워서 몸이 떨렸다고 한다. 윤서는 결국 지독한 감기에 걸리고 말았다.

"열이 안 내리는 것 같아."

윤서의 몸이 불덩이 같았다. 꿈의 세계에 있는 동안은 잠을 자도 자는 것 같지 않았을 것이다. 윤서는 요 며칠 내내 피곤해했다. 잠을 잘 새도 없이 꿈의 세계를 뛰어다녀야 했다. 내색하진 않았지만 체력이 한계에 부딪힌 것이다. 우리는 윤서가 괜찮다고 하는 말을 믿지 않았지만 믿는 척했다. 그러면 안 될 걸 알면서도 그럴 수밖에 없었다.

"감기약 없지?"

동준이 물었다.

"다 떨어졌어."

우린 자주 아팠다. 날이 추웠고 제대로 된 음식을 먹지 못한 탓이었다. 우리는 픽 하면 감기약을 먹었다. 약을 먹는 것만으로도 감기가 낫는 것 같았으니까. 우리가 아프면 수면자를 지킬 수 없을 테니까. 우린 약을 과다 복용해서라도 회복해야 했다.

"약국에 가 봐야겠어. 상태가 점점 안 좋아지는 것 같아."

"사거리 서점 뒷골목에 약국이 있어. 눈에 잘 안 띄는 곳이라 사람들도 잘 모를 거야."

홍주의 엄마가 말했다. 아줌마는 윤서가 먹을 죽을 끓여 왔다. 집에 있는 쌀을 빻아 만든 죽이었다. 건더기가 없는 맑은 죽이었지만 즉석 밥으로 대충 죽을 끓이던 우리와는 차원이 달랐다.

"제가 다녀올게요. 어딘지 알 것 같아요."

동준이 말했다. 동준은 일주일의 반 이상을 우리 집에 머물렀다. 거실 한편에 이불을 갖다 놓고 잠을 잤다. 아침 일찍 일어나 식사를 준비하기도 했다. 강석은 동준에게 아무것도 하지 않아도 된다고 했지만 동준은 가만히 있는 게 더 힘들다고 했다. 꿈의 세계로 떠나기 전의 동준은 새벽같이 일어나 밤늦게까지 쉬지 않고 공부했다. 가만히 있는 게 익숙지 않아서 꿈의 세계에서도 계속 걸어 다녔다. 동준에게 가만히 있는 건 너무도 낯선 일이었다.

"오빠 어디가?"

아리가 물었다. 동준이 집에 자주 찾아온 덕에 아리와 동준은 어느새 친해졌다.

"윤서 언니가 아프대. 아플 때 먹는 약 가지러 갈 거야. 밖은 너무 추우니까 아리는 집에 있어야 해. 집에서 기다릴 수 있지?"

동준의 말에 아리가 고개를 끄덕였다.

"응. 아리는 아람이랑 기다릴게."

아리가 인형을 들어 올리며 말했다. 문득 약국에 같이 가야겠다는 생각이 들어 입을 열었다.

"나도 갈게. 필요한 약이 많아."

"내가 갈게. 넌 집에 있어."

강석이 말했다.

"됐어. 찬미랑 송주 언니도 같이 갈 거야. 오빠는 윤서 좀 봐 줘. 이마에 수건도 올려 주고. 열이 너무 높아."

강석은 마지못해 고개를 끄덕였다. 감기약뿐만 아니라 생리대와 생리통 약도 필요했다. 한 달에 한 번씩 빠짐없이 돌아오는 바람에 생리대는 늘 부족했다. 찬미는 생리통도 심했다. 눈에 띄지 않는 약국이라면 뭔가 많이 남아 있을 것이었다.

*

길거리는 조용하다 못해 음산했다. 주변에서 인기척이 느껴지지 않아 괜히 무서웠다.

"아리는 언제 보낼 생각이야?"

동준이 말했다. 동준은 잠깐 사이에 아리와 많이 가까워진 모양이었다.

"눈만 그치면 출발하려고 했는데 생각보다 많이 쌓였어. 눈이 좀 녹아야 할 것 같아."

"근데 아리한테 정말 가족이 있는 거겠지?"

찬미가 말했다. 모두가 걱정하는 점이지만 일단은 가 보는 수밖에 없었다.

"누가 같이 있었던 건 맞는 거 같아. 들어 보니까 여러 사람이랑 지내고 있던 것 같더라고. 아마 엄마라고 하는 사람이 진짜 엄마는 아닐 거야. 아람이라는 동생이 있었대. ……몇 달 전에 죽은 것 같고. 그때 부모님이 잠들어서겠지."

동준의 말에 우린 아무 말도 할 수 없었다.

"동네가 너무 조용하네."

송주 언니가 말을 돌렸다. 송주 언니의 말대로 거리는 조용했다. 잠든 사람도, 지키는 사람도 다 사라진 것만 같았다.

"그 일이 있고 나서 다른 동네로 간 사람들이 많대. ……그때 돌아가신 분들 가족은 거의 떠났다고 하더라."

생명 유지 장치를 빼앗은 놈들은 비단 유지 장치만 가져간 게 아니었다. 남겨진 삶을 통째로 앗아 갔다. 그 일로 사람들은 제 손으로 가족의 시신을 수습해야 했고 윤서는 꿈의 세계까지 다녀왔다.

"윤서가 너무 무리한 것 같아. 꿈이니까 피곤함 같은 건 없을 줄 알았는데……."

"꿈이란 걸 모르면 그렇죠. 윤서는 다 아니까 피곤했을 거예요. 저는 꿈속에서 몇 달 동안 계속 걸어 다녔어도 전혀 피곤하지 않았거든요."

송주 언니의 말에 동준이 답했다.

"계속 걷기만 했다는 게 신기해. 다들 꿈속에서 원하는 일을 하고 있었잖아. 이왕 잠든 거 더 좋은 꿈을 꾸고 싶지 않았어?"

송주 언니의 말에 나는 좋은 꿈에 대해 생각했다. 만약 원하는 꿈을 꿀 수 있다면 어떨까. 내가 원하는 대로 이루어진 세계는 어떤 모습일까. 꿈의 세계에서 나는 무엇을 하고 있을까.

"누나는 어떤 꿈을 꿀 것 같은데요? 너희는 어때?"

동준이 물었다. 송주 언니와 찬미는 나처럼 아무 말도 하지 못했다. 원하는 세계가 쉽게 그려지지 않는 듯했다.

"막상 생각하니까 안 떠오르네."

한참을 생각하던 송주 언니가 말했다.

"학교에 다니고 있었으면 대학에 가는 꿈을 꾸지 않았을까?"

찬미가 말했다.

"근데 그건 그것대로 시시하다. 꿈속이면 무엇이든 할 수 있을 텐데 고작 대학이라니."

찬미가 덧붙이며 웃었다. 우리가 조금 더 어렸다면 꾸고 싶은 꿈을 마구마구 이야기했을지도 모른다. 하늘을 난다거나 마법을 부린다거나, 내가 어떤 나라의 왕이나 영원히 죽지 않는 사람이 되는 상상. 하지만 어떤 상상은 현실로 이루어지기가 어렵다는 것을 이제는 너무도 잘 알았다.

"사실 가장 원하는 건 별거 아닌 일일지도 몰라. 깨어나고 보니까 그래. 나도 내가 대학에 가는 꿈을 꾸지 않은 게 이상해. 정말 가고 싶었거든. 대학에 가는 것만이 내내 좋던 꿈이라고 생각했으니까."

"아니었어?"

내 물음에 동준이 희미하게 웃었다.

"좋았던 건 맞아. 대학에 가지 않으면 달라질 수 없다고 생각했었어. 그래서 지독하게 공부했지. 날 괴롭히던 놈들과는 전혀 다른 인생을 살겠다고, 꼭 그렇게 살겠다고 다짐했지. 근데 내가 꿈에서 걷고만 있었던 거야. 나는 그냥 날씨가 좋아서 조금 걸어야겠다, 생각했거든? 근데 몇 달이나 걷고 있었던 거지."

"그럼 네가 원했던 게 걷는 거였단 말이야?"

"나는 그저 뛰고 싶지 않았던 것 같아. 생각해 보면 나는 계속 뛰었어. 뭔가에 늘 쫓기고 있었던 것 같아. 잠들던 날도 학교로 뛰어가고 있었어. 근데 문득 내가 왜 뛰어야 하는지 모르겠더라고. 다들 저렇게 자고 있는데, 아무것도 하지 않고 멈춰 있는데 나는 왜 뛰고 있을까. 가슴이 막 답답해졌어. 그냥 천천히 걸어도 되지 않을까, 생각했던 것 같아. 마침 날씨가 너무 좋았고, 하루쯤은 그냥 낭비해 버리는 것도 나쁘지 않겠다고 생각했어."

동준은 그날 자신의 목소리를 들었다. 너무 빨리 달리느라 미처 듣지 못했던 목소리였다.

"······좋았어? 지루하진 않았어?"

찬미가 말했다. 찬미의 말에 묘한 부러움이 서려 있었다.

"다른 생각 할 틈이 없었어. 날이 진짜 좋았거든. 윤서가 날 데리러 오지 않았다면 계속 걸었을 거야. 내가 죽어 가는 것도 모르고. ······그러니까 모두 깨어나야 해. 거긴 가짜야. 거긴 죽어 가는 것도 모르고 죽게 해."

동준은 깨어난 이후 종종 무너질 것 같은 얼굴을 했다. 꿈의 세계는 가짜라고 이야기하지만 그 세계가 동준에게 완벽한 위로가 되었음은 분명했다. 동준이 되돌아온 현실은 예상보다 끔찍했을 것이다. 부모님의 죽음, 사라져 버린 목표, 희망, 미래. 동준은 달콤한 케이크를 배부르게 먹고 나서 케이크가 상했음을 알아 버린 사람처럼 모든 걸 토해 낼 수밖에 없었다. 토해 내지 않으면 더 아파질 테니까. 며칠 내내 배앓이에 시달릴 테니까.

내가 버틸 수 있는 이유는 어쩌면 나의 불행 때문일지도 모른다. 처음부터 불행했기 때문에 불행을 소화할 수 있었던 걸지도 모른다. 아빠가 사라진 후부터 나는 언제나 조금씩 부서져 있었으며 어딘가 구멍이 나 있었다. 빈 공간을 자연스럽게 불행이 메꿨다. 불행은 언젠가부터 나의 일부가 되었다. 줄곧 불행과 함께한 나는 불행을 받아들이는 법을 알았다. 어쩌면 이건 아빠의 선물일지도 모르겠다.

어른

약국은 셔터가 내려져 있었다. 동준이 공구를 챙겨 온 덕분에 셔터 자물쇠를 자르고 유리문을 부쉈다. 유리 파편이 바닥에 흩어져 버석거리는 소리가 났다.

약국엔 물건이 많았다. 우리는 먼저 윤서의 감기약을 찾았다. 목감기약, 몸살약, 두통약, 진통제, 종합 감기약을 둘러보다가 이내 전부 챙기기로 했다.

"넉넉하면 좋으니까."

송주 언니가 큰 가방에 약을 쓸어 담으며 말했다. 찬미는 다른 가방에 생리대를 가득 담았다. 우리는 치약과 칫솔, 바셀린과 립밤, 파스와 붕대, 연고 등을 가리지 않고 챙겼다.

"염색약은 왜 챙겨요?"

"기분 전환 하고 싶을 수도 있잖아."

찬미의 물음에 송주 언니가 대답했다. 나는 조제실 안으로 들어갔다. 간단한 설명이 적힌 통들에 약이 담겨 있었다. 나는 아스피린 같은 익숙한 이름의 약을 챙겼다. 졸피뎀, 알프라졸람 같은 수면제와 프로작, 파록세틴 같은 항우울제도 있었다. 엄마의 화장대에 있던 약들이었다. 챙겨 두면 어디든 쓸 수 있을 것이었다.

"그건 뭐야?"

찬미가 약통을 한참이나 쳐다보고 있었다.

"비타민인 것 같아."

"대충 전부 챙겨. 약이 너무 많아서 가서 확인해야 할 것 같아."

내 말에 찬미는 보고 있던 약을 주머니에 넣었다. 우리는 가방을 가득 채워 약국을 빠져나왔다.

감기약을 종류별로 먹이려는 우리를 홍주의 엄마가 말렸다. 아줌마는 우선 종합 감기약과 해열제를 먹이자고 했다. 빈속에 먹는 것은 안 좋다며 윤서를 깨워 죽을 먹였다.

"아줌마가 계셔서 정말 다행이에요."

윤서만 아니라 우리도 아줌마의 음식을 먹었다. 주로 우리 집에 모여 식사를 했다.

"너희가 있어서 다행이지. 너무 고생 많았어."

아줌마는 줄곧 우리에게 미안해했다. 아줌마는 더 이상 평온한 수면자의 얼굴을 하고 있지 않았다. 조금은 힘들고 지쳐 보였다.

깨어난 어른들은 아주 바쁘게 움직였다. 잠들었던 시간만큼 움직일 작정인 것처럼 일을 만들어 했다. 어른들의 존재가 우리에겐 큰 힘이고 위로가 되었지만, 마냥 기댈 수는 없었다.

준영의 아빠가 가져온 소형 발전기로 세탁기가 돌아가는 것을 보니 규성이 떠올랐다. 문득 아직도 규성에게 가방을 돌려주지 않았다는 생각이 들었다. 가방은 진즉에 고쳐 두었는데, 요 며칠 일이 많다 보니 다른 생각을 할 수 없었다.

"소파 옆에 둔 가방 못 봤어? 내가 전에 말한 규성이 건데."

"못 봤어. 지금 가 보려고?"

강석이 엎드려 소파 밑을 확인했지만 가방은 없었다.

"응. 규성이 옷 빨 거 있으면 가져와도 돼? 냄새가 엄청 나. 옷 안 입는 거 있으면 좀 줘 봐."

"기다려 봐. 챙겨 볼게. 비상약도 좀 챙겨 가. 그리고 다음에 음식 구하러 갈 때 같이 가자고 해. 혼자 지내는 거 어려울 거야."

강석은 미리 빼 둔 여러 약들과 먹거리를 배낭에 넣어 줬다. 규성의 가방을 한참 더 찾았지만 안 보였다.

강추위에 눈이 녹지 않았다. 시간이 날 때마다 홍주와 강석이 도로를 쓸었지만 꽝꽝 얼어 버린 눈길은 녹을 생각을 하지 않았다. 더 늦기 전에 아리를 원래 있던 곳으로 데려가야 했다. 동준은 아리와 정이 많이 든 듯했지만 계속 함께 지낼 순 없는 노릇이다.

"규성아, 강희 누나야."

규성의 집 앞에서 문을 두드렸다.

"집에 없어?"

두어 번 더 두드려도 규성은 나오지 않았다. 마지막으로 한 번 더 문을 두드린 후에도 답이 없어 포기하려던 찰나, 잠금장치가 돌아가는 소리가 났다. 문이 열리진 않았다. 왠지 무서워졌지만 문고리를 잡아당겼다. 천천히 열린 문틈으로 시큼한 냄새가 얼굴에 닿았고 현관에 쓰러져 있는 규성이 보였다.

"규성아!"

재빨리 들어가 규성의 상태를 확인해 보니 몸이 불덩이였다. 옷은 땀으로 젖어 축축했고 냄새가 났다. 규성의 몸이 떨리고 있었다. 순간 규성이 꿈의 세계로 가 버린 것은 아닐까 싶었지만 규성은 연신 춥다고 중얼거리고 있었다. 규성을 거실까지 끌고 와 눕혔다.

"너 밥은 먹은 거야? 우선 약부터 먹자. 내가 죽 끓여 줄게. 아니다, 여기 있어. 금방 가져올게."

나는 배낭을 열어 약을 꺼냈다. 홍주의 엄마가 했던 것처럼 종합감기약과 해열제를 먹였다. 몸이 불덩이였으므로 수건을 적혀 이마에 올려 두었다. 나는 집으로 돌아가 아줌마가 끓여 둔 죽을 냄비째 들고 규성에게 갔다.

규성은 간헐적으로 기침을 했다. 규성을 깨워 죽을 먹였다. 열이 조금 내려간 듯했지만 여전히 몸엔 힘이 없었다. 규성은 천천히 죽을 삼켰다.

"더 자. 저녁에 죽 더 가져올게."

규성은 대답할 겨를도 없이 누워 다시 잠이 들었다. 나는 규성을 구석에 눕혀 두고 집 안을 살펴보았다. 집은 어수선했다. 쓰레기가 널브러져 있었고 남은 음식물이 그대로 싱크대 안에 있었다. 그나마 겨울이라 벌레는 꼬이지 않았지만 냄새가 심했다. 나는 쓰레기를 정리하고 온 집 안을 구석구석 닦았다. 청소기를 밀 수 없어 걸레로만 닦았는데, 먼지가 많아 몇 번이나 걸레를 빨아야 했다.

청소하느라 열어 두었던 창문을 닫고 잠들어 계신 할머니를 살폈다. 수액 양도 넉넉하고 생명 유지 장치도 이상 없이 잘 작동되고 있었다. 그러나 할머니의 안색이 파리한 게 좋지 않았다. 나는 조심스럽게 할머니의 얼굴에 손을 대었다. 규성과 마찬가지로 열이 났다. 할머니에겐 약을 먹일 수 없었다. 잠깐의 고민 끝에 조금이라도 열을 내리기 위해 깨끗한 수건에 물을 적셔 몸을 닦아 냈다. 규성의 감기를 할머니가 옮은 건지, 그 반대인지는 알 수 없으나 둘 모두 상태가 좋지 않았다.

규성은 반나절이 지나서야 깨어났다. 땀이 많이 났지만 열이 꽤 내렸다. 나는 깨끗하게 씻은 규성에게 강석의 옷을 주었고 규성의 옷을 세탁해 주기로 했다.

"날이 추워서 금방은 안 돼. 며칠 뒤에 말려서 가져다줄게. 그리고 이렇게 아프기 전에 찾아왔어야지. 누나 집 어딘지 알잖아."

"……누나가 금방 올 줄 알았어. 가방 돌려준댔잖아."

규성의 힘없는 목소리에 입을 다물 수밖에 없었다.

"가방을 고치긴 했는데, 분명 집에 뒀는데…… 못 찾았어. 빨래 가져다줄 때 꼭 찾아서 돌려줄게. 미안해."

"괜찮아. 대신 꼭 찾아 줘. 진짜 소중한 거니까. 누나 아니었으면 나, 진짜 기절했을 거야. 이렇게 아파 본 건 처음이야. 진짜 고마워."

규성이 이불을 목 끝까지 덮으며 말했다.

"더 일찍 못 온 게 미안하지. 얼른 자. 약은 꺼내 뒀으니 챙겨 먹고. 아, 할머니도 열이 좀 있으시던데. 열 오르면 찬물에 적신 수건으로 닦아 드려. 그럼 난 가 볼게. 필요한 거 있으면 집으로 와."

나는 일어나 겉옷을 챙겨 입었다. 벌써 해가 질 것처럼 어둑해졌다. 밤에 돌아다니는 건 위험하니 서둘러 돌아가야 했다.

"……누나."

신발을 신고 문을 열려는 찰나, 규성이 일어나 앉아 나를 불렀다.

"응?"

"어른들이 깨어났다며. 누가 깨우는 거라던데."

"어디서 들었어?"

규성의 말에 깜짝 놀라 뒤돌았다. 깨어난 어른들은 바깥 활동을 자제했지만 언제까지 숨길 수는 없다고 생각했다. 하지만 윤서가 수면자를 깨울 수 있다는 것은 비밀이었다. 이야기가 퍼지는 게 좋은 일일지 아닐지, 우린 아직 확신할 수 없었다.

"그냥, 어디서 들었어. 그게 혹시 누나 친구라면…… 우리 할머니는 절대 깨우지 말라고 전해 줄래? 만약 할머니를 깨울 수 있게 되더라도 절대, 절대 깨우지 말라고……."

고요하던 규성의 어깨가 요동치기 시작했다. 규성은 울고 있었다.

"왜, 왜 그래?"

나는 신발을 다시 벗어 두고 규성에게 갔다. 규성의 얼굴은 이미 눈물로 엉망이었다.

"할머니가 아파. 잠들기 전에도 아팠어. 지금 깨어나면 더 아플 거야. 만약 할머니가 죽는다면…… 만약 진짜 그렇게 된다면…… 꿈속이 나을 것 같아."

규성의 작은 몸이 애처롭게 떨리고 있었다. 나는 규성을 위로할 방법을 몰랐다. 그저 규성의 어깨를 토닥였다. 적어도 지금 이 순간 혼자만 있는 게 아니란 걸 알려 주기 위해.

*

집으로 돌아와 쓰러지듯 침대에 누웠다. 눈이 자꾸 감기는 통에 정신을 차릴 수가 없었다. 아무 생각도 하지 않고 잠들고 싶었다. 규성의 떨림이 손끝에 남아 있는 듯했지만 무시하고 싶었다. 더 이상의 슬픔을 바라보고 싶지 않았다. 내 마음이 이기적이라고 할지라도 나는 나를 지키고 싶을 뿐이었다. 그러나 세상은 온통 슬픔이었다.

이튿날 새벽, 일찍 눈이 떠진 김에 홍주네에 생리대와 비상약을
전해 주기 위해 집을 나섰다. 홍주와 송주 언니는 아빠 곁을 지키
고 있었고 집에는 아줌마뿐이었다. 나는 아줌마가 주무시고 계실
것 같아서 홍주가 알려 준 비밀번호를 누르고 집으로 들어갔다. 아
줌마는 식탁에 앉아 계셨다. 갑자기 문이 열린 탓에 놀란 듯싶었다.
하지만 놀란 건 나도 마찬가지였다. 아줌마는, 울고 있었다.

"아…… 죄송해요. 놀라셨죠? 주무시고 계실 것 같아서, 홍주한
테 비밀번호를 물어봤는데……."

"강희야, 들어와. 차 한잔하고 가."

아줌마는 눈물을 닦으며 일어났다. 나는 어색하게 문을 닫고 식
탁에 앉았다. 아줌마는 가스버너에 물을 올렸다. 우리는 조용히 마
주 앉아 물이 끓기만을 기다렸다.

"홍주한테는 말하지 말아 줄래?"

아줌마가 말했다. 민망한 듯 어색하게 웃기도 했다.

"말 안 할게요."

"고마워. 애들이 걱정할 것 같아서."

곧 물이 끓고 아줌마는 찬장에서 카모마일 티백을 꺼내 컵에 넣
었다. 김이 모락모락 올라오는 컵을 두고 우린 한동안 말이 없었다.
무슨 말을 해야 할지 알 수 없었다. 아줌마를 위로해야 할까. 홍주
가 울고 있었다면 주저 없이 홍주를 안아 줬을 거다. 홍주가 눈물을

그칠 때까지 등을 두드려 줬을 거다. 하지만 어른을 위로하는 법은 몰랐다. 그토록 아이처럼 울고 있는 어른을 내가 위로할 수 있을지도 의문이었다. 아줌마는 왜 울고 있었을까. 견딜 수 없는 일이 있는 걸까. 아줌마도 우리처럼 엉엉 울고 싶었던 걸까. 괴로운 걸까. 깨어난 걸 후회하는 걸까.

"어른도 울어요? 어른이 되면, 다 쉬운 거 아니에요?"

내가 빨리 어른이 되고 싶었던 이유는 지금보다 훨씬 단순해질 수 있을 거란 믿음 때문이었다. 내가 한 일에 대한 책임만 지는 것. 그러니까, 나 이외의 일은 신경 쓰지 않아도 되는 것. 나만 생각하고 나를 위한 삶을 사는 것.

"강희야, 어른도 쉬운 일은 하나도 없단다."

아줌마가 미소 지으려 애썼다. 아줌마는 무언가를 견디려 노력하는 사람 같았다.

"……깨워서 ……죄송해요."

내 말에 아줌마는 무너졌다. 두 손으로 얼굴을 감싸고 한순간에 울음을 터트리곤 멈추지 못했다.

"아냐, 아냐……. 그런 소리 하지 마. 제발 그러지 마……."

아줌마는 떨리는 목소리로 말했다. 아줌마는 견딜 수 없이 슬퍼 보이기도 했고, 두려워 보이기도 했다. 홍주가 아닌 내가 이 모습을 보고 있는 게 다행이었다.

어쩌면 우린 제일 먼저 이 말을 해야 했었을지도 모른다. 단잠을 깨워 미안하다고, 일어나고 싶지 않았을 텐데 억지로 깨워서 미안하다고. 수면자의 평온한 얼굴을 볼 때마다 화가 났지만, 깨어난 사람들의 얼굴을 볼 때마다 마음 한편이 불편했다. 더 이상 평온하지 않은 그들의 얼굴을 볼 때마다 사과를 해야 할 것만 같았다.

"깨어나기만 하면 다 괜찮아질 줄 알았어요. ……그래서 그랬어요."

변명처럼 들리는 내 말에도 아줌마는 눈물을 그치지 못했다. 아이처럼, 홍주가 그랬던 것처럼 몸을 들썩이며 울었다. 나는 문득 울음을 참을 수 없었다. 아줌마가 불쌍해서. 내가, 홍주가, 남겨진 사람들이 불쌍해서. 망가져 버린 세계가 너무도 불쌍해서 견딜 수가 없었다.

*

집으로 돌아왔을 땐 여전히 이른 새벽이었다. 조용히 현관문을 열고 들어와 방으로 들어가려는 찰나, 다용도실에서 부스럭거리는 소리가 났다. 조심스러운 움직임이었지만 집 안이 너무도 고요해 소리가 적나라했다. 나는 소파를 확인했다. 소파에 누워 잠을 자고 있어야 할 아리가 없었다. 아리가 처음 집에 왔을 때부터 강석이 자신의 방에서 잘 것을 권유했지만 아리는 끝까지 거실 소파를 고집했다. 처음에는 어린애가 배려할 줄도 안다고 기특해했는데, 사실은 다른 속내가 있었던 모양이었다.

나는 식탁 위에 올려 둔 플래시를 들고 조용히 다용도실 앞에 섰다. 움직이는 소리가 들렸다. 문을 열고 플래시를 켜 작은 좀도둑을 비췄다. 아리는 불빛을 보자마자 비명을 지르며 넘어졌다. 갑작스러운 소음에 놀란 강석과 윤서가 뛰어나왔다. 우리는 다용도실에서 배낭이 터질 만큼 음식을 가득 담은 작은 도둑을 쳐다봤다. 아리는 우리가 뭐라고 말할 틈도 없이 울음을 터트렸다. 하지만 달래 주고 싶지 않았다. 좋은 마음으로 데려와 음식을 나누고 따뜻한 잠자리를 마련해 줬다. 아무리 어린아이래도 물건을 훔친 건 잘못이다. 우리의 호의를 도둑질로 갚은 거다.

그러니까 처음부터 데려오지 말라고 했잖아.

우리 물건 다 훔쳐 갔으면 어쩔래?

좋은 마음으로 거둬서 돌봐 줬더니, 배은망덕하네.

모두가 이렇게 힘든데 너 때문에 더 힘들어지겠어.

너 이제 나가. 네가 있던 곳으로 가 버려.

아리를 향한 날 선 말들이 입안을 맴돌았다. 조금 더 신중하지 않았다면 뱉어 버렸을지도 모를 말들이었다. 아리가 들고 있는 배낭은 규성의 것이었다. 한참을 찾았지만 찾지 못했던 할머니의 선물. 마지막 남은 할머니의 마음. 그 순간 화가 머리끝까지 나 버렸지만 나는 아리에게 비난의 말을 쏟아붙일 수 없었다. 울음을 멈추지 못하는 아리에게 다가가 팔을 벌렸다. 아리는 눈물이 가득 고인 눈으로 나를 바라보더니 이내 내 품에 안겨 울었다. 뭐가 그렇게 서럽고 무서운지 진정하지 못했다. 나는 오늘 너무 많은 눈물을 봤다. 그 어느 것에도 제대로 된 위로를 건네지 못했다. 할 수 있는 건 천천히 등을 토닥여 주는 일뿐이었다.

새 해 맞 이

몸을 회복한 윤서가 바로 꿈의 세계에 들어가려고 했지만 모두가 말렸다.

"내일이면 1월이야. 엄청 추워질 텐데, 서둘러야지."

윤서의 말이 맞았지만 우리는 추위보다 윤서가 더 걱정됐다. 우리가 윤서를 위해 해 줄 수 있는 일은 최대한 편안한 휴식을 취하게 하는 것뿐이었다.

"다들 미안해하고 있어. 그러니까 조금 더 쉬어."

윤서는 어쩔 수 없다는 듯 침대에 걸터앉았다. 해가 뉘엿뉘엿 지고 있었고 눈이 올 듯 구름이 많았다.

"……찬미는 어때?"

윤서가 창밖을 보며 말했다. 윤서는 끝내 찬미의 언니를 찾지 못했다.

"찬미가 제일 미안해했어. 자기 언니 때문에 네가 감기에 걸렸다면서."

"내가 더 미안하지. 은혜 언니를 찾지 못했는걸."

"윤서야."

나는 윤서 옆에 가까이 앉아 눈을 맞췄다. 윤서는 여전히 피곤을 견디는 얼굴을 하고 있었다. 모든 에너지가 몸을 회복하는 데 쓰이고 있었다.

"아무것도 미안해하지 마. 이 일에 네 잘못은 없어. 단 한 개도."

단호한 내 말에도 윤서의 굳은 표정은 좀처럼 풀리지 않았다. 윤서는 필요 이상의 짐을 지고 있는 것 같았다.

"나는 다 구하고 싶어. 가능하면 전부 깨어나게 하고 싶어."

윤서가 창밖을 바라봤다. 노을빛이 창문으로 넘어와 윤서의 얼굴에 닿았다. 붉은빛 때문인지 생기가 돌아 보이다가도 금세 그림자가 졌다.

"그럴 수 없다는 거 알잖아."

윤서의 말을 이해하지 못하는 건 아니다. 윤서는 가족을 잃었다. 가족은 윤서에게 전부였으므로 윤서는 전부를 잃은 것과 다름없다. 그래서 무리를 하는 거다. 또 다른 자신을 만들고 싶지 않아서, 누군가 자신처럼 전부를 잃게 하지 않기 위해서 윤서는 쉬지 않고 꿈의 세계에 간다. 하지만 모든 일엔 한계가 있다. 수면자의 수가 막대해 모든 수면자를 만날 수는 없다. 설사 만난다 해도 그들이 윤서의 말을 듣지 않는다면 깨어나지 않는다. 윤서는 꿈속에서 계속 소리칠 것이다. 목이 다 쉬어 버릴 것이고 또다시 열 감기에 정신을 못 차릴지도 모른다. 그런 일이 여러 번 반복되면 윤서는 다시 회복할 수 없을지도 모른다.

"힘들지 않았어?"

내 말에 윤서는 아무 말도 하지 않았다. 나를 쳐다보지도 않았다. 나는 윤서의 손을 잡았다. 따뜻하고 부드러운 손.

"사람을 찾는 건 안 힘들어. 꼭 숨바꼭질하는 것 같기도 하고."

"그러면 뭐가 힘든데?"

윤서는 결국 눈물을 흘렸다. 나는 놀라지 않았다. 지금 당장 윤서가 숨이 넘어가라 울음을 터트려도 전혀 놀라지 않을 것이다. 울어도 된다. 눈물을 참지 않아도 된다. 하지만 윤서는 서둘러 눈물을 닦았다. 나는 자기 눈을 덮은 윤서의 손을 내리고 꼭 껴안았다. 천천히 등을 쓸어내렸다. 윤서의 엄마라면 윤서를 이렇게 위로하지 않았을까. 윤서의 마음에 귀 기울이지 않았을까.

"다른 건 안 힘들어. 나는…… 엄마 아빠가 힘들어. 두 분이 계속 날 불러. 계속 팔을 벌려. 정신없이 가서 안겨 버리고 싶어. 뒤도 안 돌아보고 달려가고 싶어. 한 시간이고 일주일이고, 일 년이고 십 년이고 거기에 있고 싶어. ……미안해. 네가 믿는 사람이 되려고 했는데……. 미안해. 너무 어려워."

나는 아무 대답 없이 윤서의 등을 쓸어내렸다. 윤서는 내 어깨에 얼굴을 묻었다. 나는 아무 말도 하지 않았다. 지금은 그 어떤 말도 윤서에게 짐이 될 것 같았다.

가장 어려운 건 믿음을 지키는 일이었다. 나의 믿음은 언제 부서졌을까. 아빠가 집을 나갔을 때? 엄마가 잠들었을 때? 금방 지나갈 거란 일이 일 년이 되도록 끝나지 않았을 때? 괜찮다는 말이 사실은 전부 거짓이었을 때? 믿음은 갖는 것보다 지키는 게 더 어려웠다. 믿음은 나를 지탱했지만 때론 산산조각 냈다. 대체 믿음은 어떻게 지키는 걸까. 믿지 않기로 다짐해도 어느새 나는 믿고 있다. 하지만 나는 더 이상 윤서를 믿지 않을 것이다. 나의 믿음이 윤서에게 짐이 된다면 나는 윤서를 믿지 않아도 좋다.

*

다 함께 새해를 맞이하기로 했다. 스무 살이 되는 새해는 같이 기다리고 싶었다.

사람들이 모두 집으로 모이기 전, 강석과 약국에서 가져온 약들을 정리했다. 설명서를 읽고 약을 분류했다. 설명서를 읽어도 도대체 어디에 좋은 약인지 모를 약도 있었다. 글씨는 또 얼마나 작은지, 몇 통을 읽고 나면 눈이 금세 피로해졌다.

"강희야, 이거."

잠시 쉬고 있을 때, 강석이 내게 약통을 건넸다.

"피로 회복에 도움이 된대. 윤서랑 나눠 먹어."

약통을 보니 찬미가 유심히 설명서를 읽어 보던 약이었다.

"너 먹어."

"난 됐어."

나는 괜히 찬미에게 미안해졌다. 분명 찬미가 강석에게 준 약일 것이다. 찬미는 강석을 좋아한다. 그건 찬미를 유심히 보지 않아도 알 수 있다. 찬미는 온몸으로 강석을 좋아하고 있다. 찬미의 시선, 목소리, 심지어 숨소리마저 강석을 향한 마음이 느껴진다. 그러나 강석은 그 마음에 어떤 대답도 하지 않는다.

사람들이 집에 도착하기 시작했다. 나는 찬미가 들어오는 걸 보고 약통을 주머니에 숨겼다.

찬미를 비롯한 아이들과 준영 아빠, 홍주 엄마가 우리 집에 모여 따뜻한 차를 나눠 마셨다. 눈이 조금씩 내리기 시작하더니 금세 함박눈이 되어 날렸다. 눈은 고요하고 예뻤다. 초를 켜 두니 일부러 분위기를 낸 것처럼 아늑했다. 언젠가 본 영화 속 평화로운 장면 같았다.

"눈 많이 오면 안 되는데. 내일 아리 돌아갈 거야."

아리는 담요를 뒤집어쓰고 눈을 구경하고 있었다. 늦은 시간인 탓에 잠깐 졸았지만 잠들지 않았다.

우린 아리에게 말도 없이 물건들을 가져가려 했던 것에 대해 혼을 냈다. 우리 모두가 이미 도둑이지만 함께 지내는 사람들끼리는 그래선 안 된다고 말했다. 아리는 가족들에게 주고 싶어서 그랬다고 했다. 원래 지내던 곳은 먹을 게 부족했고 약이 없어 아픈 사람이 많았다고 했다.

"엄마가 보고 싶어……."

아리가 함박눈을 바라보며 말했다. 강석은 아리를 돌려보내는 것에 동의했다. 아리는 누구보다도 가족이 필요해 보였다.

"그래, 잘됐어. 꼬맹이, 앞으론 길 잃어버리지 말고 잘 지내야 한다?"

송주 언니가 아리의 머리를 쓰다듬었다. 아리는 결국 졸음을 참지 못하고 엎어져 잠들었다. 그 모습이 너무도 사랑스러워 우린 미소를 참지 못했다. 동준이 아리를 소파로 옮겨 이불을 덮어 줬다. 아리의 얼굴이 평온해 보였다.

"내가 스무 살이라니."

홍주가 중얼거렸다. 우린 열아홉을 도둑맞은 거나 다름없기 때문에 스물이라는 단어가 쉽게 와닿지 않았다. 기대했던 모습은 결코 아닐 것이다.

"어때? 스물이 되는 기분이?"

송주 언니가 물었다.

"모르겠어. 실감 안 나."

홍주의 말에 모두가 조금씩 웃었다.

"스무 살이 되면 하고 싶은 거 되게 많았는데. 술도 먹고, 몰래 아빠 차 훔쳐서 여행도 가고. 그건 이미 송주 누나가 해 버렸지만."

준영의 말에 모두가 조금 더 웃었다.

"스물이 되면 짠 하고 어른이 될 줄 알았는데 아니야. 내가 스물이 됐을 때도 그랬어. 단 일 분 만에 어른이 될 리가 없잖아. 근데 그땐 그럴 줄 알았어."

송주 언니의 말에 모두가 고개를 끄덕였다.

"우린 이제 어른이야. 이미 전부터 그랬을지도 모르고."

동준이 말했다. 왠지 모두가 한순간에 어른이 되어 버린 것 같았다.

어려서부터 빨리 어른이 되고 싶었다. 어른이 되면 자유로워질 줄 알았다. 집을 나가 돌아오지 않아도, 하루 종일 집에서 잠만 자도, 몇 끼를 굶거나 사고 싶은 걸 고민 없이 사 버려도 어른은 혼나지 않는다. 나는 빨리 어른이 돼서 살고 싶은 대로 살고 싶었다. 어른이 되면 내가 온전히 나일 수 있게 될 거라고 생각했다.

"꼭 어른이 될 필요는 없단다."

준영의 아빠가 말했다. 아저씨의 목소리가 조금은 쓸쓸하게 느껴졌다.

"빨리 철 좀 들라고 했으면서?"

"이 녀석아, 그거랑은 다른 얘기지."

아저씨가 준영의 어깨를 가볍게 내리쳤다.

"열두 시다."

윤서가 말했다.

"새해 복 많이 받아."

모두가 팔을 벌려 서로의 어깨를 감쌌다. 교차한 손들이 서로의
어깨에 닿을 때 왠지 모를 안도감에 휩싸였다. 이대로 영영 안전할
거라는 말도 안 되는 기분도 들었다. 동시에 두려웠다. 우리도 이제
어른이다. 더 이상 어리지 않다. 대부분의 어른들처럼 잠들어 버릴
지도 모른다는 막연한 두려움이 서로를 감싸안은 순간에도 불안하
게 피어오르고 있었다.

아 이 들

새해 첫날, 하늘은 구름 한 점 없이 맑았고 따뜻했다. 간밤에 내린 눈이 그새 녹아 준 덕분에 인천으로 출발할 수 있었다. 나는 아리가 숨겨 둔 규성의 가방 대신 여행용 캐리어에 먹을 것과 입지 않은 옷가지, 세제와 비상약 등을 넣어 주었다.

"아리야, 집이 어디인지 기억나?"

"잘 모르겠어."

"괜찮아. 언니 오빠들이 엄마 찾아 줄게. 걱정하지 마."

아리가 시무룩하게 고개를 떨구자 송주 언니가 당황하며 아리를 위로했다. 인천에 다녀올 사람은 운전자 송주 언니와 나, 윤서, 동준이었다.

"내가 가는 게 낫지 않겠니?"

준영의 아빠가 운전대를 잡길 원했지만 모두가 말렸다.

"어른이 깨어난 걸 알면 표적이 될 수도 있어요. 약탈자 놈들은 어른이 더 많은 걸 가졌을 거라고 생각하거든요."

윤서가 말했다. 윤서는 아리의 손을 잡고 차에 올랐다.

"언니, 이제 안 아파?"

윤서의 무릎에 앉은 아리가 물었다. 윤서는 아리의 천진한 눈을 보며 미소 지었다.

"응, 이제 하나도 안 아파."

나는 윤서의 미소에 가슴이 아려 왔지만 모른 척했다. 윤서가 내비치지 않는 슬픔을 파헤치지 않기로 했다.

"조심해. ……못 찾으면 얼른 돌아와."

강석이 차에 타기 직전 내게 말했다. 강석은 아리의 가족을 찾을 수 없을 거라고 생각했다. 그럼에도 우린 인천으로 가야 했다. 아리가 스스로 가족이 있다고 믿고 있으니까. 그러니 찾을 기회를 주어야 한다.

인천으로 가는 길은 어렵지 않았다. 송주 언니의 길눈이 밝았고 눈이 녹은 덕분에 어렵지 않게 아리를 데려왔던 곳 근처에 도착할 수 있었다. 그런데 주변에 건물은 많았지만 사람이 살고 있는 것 같지 않았다.

"여기가 맞아요?"

우린 송주 언니에게 물었다. 인천에 와 본 사람은 송주 언니뿐이었다.

"맞는 것 같아. 저 맥도날드, 그때 분명 봤던 것 같아."

우리는 차를 골목에 세워 두고 내렸다. 동네는 조용했다. 큰길 옆에 초등학교가 있었고 그 건너편에 맥도날드를 비롯해 상점들이 줄지어 있었다. 햇살이 좋아 자못 평화로워 보였지만 상점 문이 대부분 박살 나 있었고 내부는 엉망이었다. 이미 폭풍이 한차례 지나간 후였다. 우리는 이 넓은 동네에서 어떻게 아리의 가족을 찾아야 할지 갈피를 잡지 못했다.

"젤리베어!"

아리가 갑자기 골목 안으로 뛰어 들어갔다. 우리는 깜짝 놀라 아리의 뒤를 쫓아갔고, 아리는 수제 아이스크림 가게 앞에 우뚝 서 있는 곰 인형 앞에 섰다.

"엄청 크네."

윤서가 말했다. 원래는 보라색이었을 곰 인형은 색이 바래 거의 분홍색이었지만 여전히 귀여웠다.

"이거 기억나?"

동준이 물었다. 아리는 반가운 듯 곰 인형을 와락 껴안았다.

"아리야! 더러워!"

내가 아리를 안아 들어 곰 인형과 떨어뜨려 놨다. 잠깐 닿았을 뿐인데 아리의 옷이 먼지투성이였다.

"안 더러워. 아리 친구야. 젤리베어가 집 알려 줘."

"어떻게?"

"왼이사 오삼사."

아리의 대답에 모두가 고개를 갸웃했다.

"젤리베어 왼쪽으로 두 골목, 다시 왼쪽으로 돌아서 네 골목, 그리고 오른쪽으로 돌아서 세 골목, 다시 오른쪽으로 돌아서 네 골목!"

우리는 앞장선 아리를 따라 걸었다. 골목은 좁고 쓰레기투성이였다. 아리는 능숙하게 쓰레기를 피해 골목을 빠르게 지나갔다.

"으악!"

쓰레기 더미에서 고양이가 튀어나오자 동준이 놀라 넘어졌다. 윤서가 고양이를 쫓아내려고 하자 아리가 막았다.

"하지 마! 엄마가 내쫓지 말랬어. 조심해. 고양이들이 와서 많이 자."

동준은 놀란 마음을 추스르고 일어나 걸었다. 골목의 끝엔 병원이 있었다. 덩굴로 뒤덮여 을씨년스러운 분위기를 풍기는 폐병원이었다.

"너무 무서운데……?"

송주 언니가 병원을 보고 주춤했다. 아리는 자연스럽게 건물 뒤로 갔다. 덩굴 때문에 건물 뒤는 밤처럼 캄캄했다. 한겨울에도 죽지 않는 풀이라니, 괜히 더 무서워졌다. 건물 뒤엔 응급실 출입문이 있었다. 아리는 자동문을 힘으로 밀었다. 우리는 아리를 따라 병원으로 들어갔다. 응급실은 창문을 모두 닫아 놓은 탓에 캄캄했다. 덩그러니 놓여 있는 빈 침대와 강렬하게 느껴지는 병원 특유의 냄새가 우리를 더 공포에 몰아넣었다. 그곳에서 겁을 먹지 않은 건 아리뿐이었다.

우리는 아리를 따라 3층으로 올라갔다. 3층은 입원실이었다. 복도 끝에 다다르니 목소리가 들렸다. 아이들의 목소리였다.

"엄마!"

아리가 입원실 문을 열고 들어가자 아이들이 짧은 비명을 질렀다. 하지만 이내 아리를 알아봤는지 병실에 있던 아이들이 우르르 아리에게 다가갔다. 아이들은 아리를 껴안고 울음을 터트렸다.

"당신들 뭐야?"

등 뒤로 날 선 목소리가 들렸다. 여자는 금방이라도 우리에게 달려들 듯 자세를 낮췄다.

"엄마!"

그러나 아리의 등장에 여자의 날카로움이 단숨에 녹아 버렸다. 여자는 깜짝 놀라 달려와 아리를 잡고 여기저기 살펴봤다.

"아리 맞아? 대체 어디 있었던 거야!"

엄마라고 불린 여자가 순식간에 눈물을 쏟으며 아리를 껴안았다. 아리도 오랜만에 만난 엄마가 반가웠는지 눈물을 터트렸다.

여자의 이름은 희정이었다. 병원엔 희정 말고도 어른이 몇몇 더 있었고, 그들이 함께 어린아이들을 돌보고 있었다. 아이들은 총 열일곱 명. 아리가 떠나 있던 사이 두 명이 더 늘었다고 했다. 우린 희정에게 집에서 챙겨 온 캐리어를 건넸다. 처음엔 경계가 가득했던 희정이 연신 고맙다고 말했다.

"고마워서 어쩌죠? 저흰 아리에게 큰일이 생긴 줄만 알았어요. 이렇게 오래 사라진 적이 없어서……"

"아니에요. 저희도 너무 성급하게 데려갔던 것 같아요. 이렇게 돌봐 주는 사람이 있을 거라곤 생각도 못 했어요. ……진짜 엄마는 아닌 거죠?"

희정은 우리보다 나이가 조금 많을 뿐인 이십 대 초반으로 보였다.

"친엄마는 아니에요. 아이들 대부분은 병원 환자였어요. 저는 이 병원에 실습을 나온 학생이었고요. 부모들이 잠드는 바람에 돌보고 있는 중이에요."

아리는 희정을 엄마라고 불렀다. 예상대로 아리의 엄마는 수면 중에 돌아가셨다고 한다. 혼자가 된 아리가 병원에 오게 된 것은 큰 행운이었다. 대부분의 아이들이 보호자가 사라지고 난 후 목숨을 잃었다. 희정은 그것을 두고 볼 수 없었다고 했다. 혼자가 된 아이들을 찾아 나서며 병원에 데려왔다. 그리고 아직 깨어 있는 사람들과 함께 아이들을 돌봤다.

"병원 사람들은 잠들었나요?"

"네. 대부분 의사 선생님이랑 간호사 선생님들이에요."

"……아픈 환자가 잠들면 어떻게 되나요?"

규성의 할머니가 떠올랐다. 지금까지 수면자가 그 정도로 열이 오르는 걸 본 적이 없었다.

"수면자도 약물로 치료할 수 있긴 한데, 쉽지 않아요. 많은 환자분들이 그렇게 돌아가셨어요. 제대로 된 치료를 할 수 없으니까요."

"언니한테 깨워 달라고 해!"

아리가 희정에게 말했고 희정은 아리의 말을 이해하지 못한 듯 고개를 갸웃했다.

"윤서 언니가 잠자는 사람들 깨울 수 있어! 언니한테 부탁해서 병원 사람들 깨우자."

아리의 말에 희정이 윤서를 쳐다봤다. 우린 윤서가 나서지 않길 바랐지만 윤서는 결국 병원 사람들을 깨우기로 했다.

"전부 깨울 수 있는 건 아니에요. 꿈속 사람들이 윤서의 말을 듣지 않으면 절대 깨어나지 않아요. 딱 두 시간만 깨울 거예요. 저희도 해가 지기 전에 돌아가야 해서요."

윤서는 입원실 침대에 누워 꿈의 세계로 갔다. 희정은 여전히 윤서가 꿈의 세계를 자유롭게 오갈 수 있는 루시드 드리머라는 사실을 믿지 못하는 듯했다.

"넉넉하진 않지만 음식이랑 옷이에요. 약도 좀 챙겼는데, 병원이라 필요 없겠어요."

우린 집에서 챙겨 온 캐리어를 희정에게 건넸다.

"정말 감사해요. 멀리 나갈 수가 없어서 음식이 항상 부족했는데……. 덕분에 아이들이 배불리 먹을 수 있겠어요."

송주 언니의 말에 희정이 웃음으로 화답했다. 희정과 함께 아이를 돌보는 사람은 다섯 정도였다. 모두 눈에 띄게 말라 있었다.

"넉넉하진 않을 거예요. 저희도 며칠 새 사람이 늘어서……."

"그럼 정말 수면자가 깨어난 거예요? 정말 깨울 수 있는 거예요?"

"지금까지 윤서가 깨운 사람은 세 명이에요. 인천엔 깨어난 사람이 꽤 많다고 하던데요?"

"저희는 밖에 잘 안 다녀서……. 전에 약탈자를 맞닥뜨리는 바람에 혼났어요. 그래서 다들 밖에 나가는 걸 두려워해요."

희정은 생각하기도 싫다는 듯 눈을 감았다. 동네가 조용해서 안전한 줄로만 알았는데 이미 폭풍이 지나간 후였다. 아이들은 잘 먹지 못해 말랐지만 더럽지는 않았다. 희정과 사람들이 아이들을 얼마나 잘 돌보고 있는지 묻지 않아도 알 수 있었다.

"여기 깨어 있는 분들은 다 어른인 거죠? …… 잠들지 않으셨네요?"

송주 언니가 물었다. 작년에 스물을 넘긴 송주 언니와 갓 스물이 된 우리. 성인이 된 우리는 다른 어른들처럼 잠들어 버리는 건 아닐까 두려웠다.

"저희는 잠들지 않았어요. 아, 목소리가 들린 적은 있어요. 그건 여기 있는 아이들도 마찬가지고요."

"아이들도요?"

아리는 홍주가 준 인형을 가지고 놀고 있었다. 우리의 시선이 아리에게 닿자 아리는 희정에게 달려와 안겼다.

"우울감을 느끼는 건 어른뿐만이 아니니까요."

"그럼 어떻게 잠들지 않았을까요?"

"엄마가 낯선 사람 따라가지 말라고 했어."

송주 언니의 물음에 아리가 말했다. 아리는 희정의 무릎에 앉아 머리칼을 가지고 장난쳤다. 우리는 아리의 대답에 입을 다물 수밖에 없었다. 병원에 있는 아이들은 대부분 꿈의 목소리를 들었다고 했다. 희정을 포함한 어른들도. 그러나 그들은 꿈의 목소리를 따라가지 않았다. 달콤한 낯선 목소리를 무시했다. 그들은 함께 지내는 사람을 기억했고 반드시 돌아와야 할 곳이 있음을 잊지 않았다. 그들은 강했다. 적어도 내 눈에는 이곳에 있는 모두가 강해 보였다.

윤서는 의사 한 명과 간호사 한 명을 깨웠다. 꿈의 세계에서 사람들을 어렵지 않게 만날 수 있었지만 대부분 윤서의 목소리를 듣지 않았다. 의사는 깨어나자마자 자신의 딸아이를 찾았다. 잘 걷지 못하고 극심한 배고픔이 느껴질 텐데도 아이를 찾았다. 그러나 그의 딸은 이곳에 없었다. 우린 아이의 이름을 부르짖으며 오열하는 의사를 바라봤다.

"아리를 무사히 데려다주셔서 감사해요."

병원 사람들이 배웅을 나왔다. 모두가 감사 인사를 전했다.

"깨어난 분들은 당분간 엄청 먹을 거예요. 냄새도 좀 날 거고요."

"가는 거야?"

아리가 희정의 옆에서 우릴 올려다봤다. 동준이 아리 앞에 앉아 아리에게 팔을 벌렸다. 아리는 망설임 없이 동준에게 안겼다.

"잘 지내. 멀지 않은 곳에 있으니까 또 만날 수 있을 거야."

동준이 말했다. 울음을 참고 있는 것만 같았다.

"나, 또 놀러 가도 돼?"

아리가 동준에게 속삭였다.

"당연하지. 같이 또 인형 놀이 하자."

동준이 아리를 꽉 껴안았다.

"오빠가 계속 이불 덮어 줘서 따뜻했어. 엄청 따뜻했어."

아리의 말에 동준은 결국 눈물을 보이고 말했다. 아리에게 보여 주기 싫어 금세 뒤돌았지만 우리에게까지 숨길 수는 없었다. 우린 서둘러 작별을 했다. 아리도 결국 울음을 터트렸지만 웃으며 인사했다. 우린 아리가 이별에 익숙해지지 않길 바라며 병원을 빠져나왔다. 동준과 윤서는 아리에게서 자신을 봤다고 했다. 부모님을 잃고 혼자 남겨진 자신을.

"가끔 보러 가도 될까?"

동준이 말했다.

"네가 하고 싶으면 하는 거지. 우리한테 허락 맡지 않아도 돼."

송주 언니가 말했다. 아이들은 금세 클 것이다. 망가져 버린 세상에 익숙해질 것이다. 부모님이 없는 삶을 견디게 될 것이다. 나는 한 번도 아이들의 삶을 생각해 본 적이 없었다. 지킬 게 늘어날수록 시야가 좁아졌다. 그렇게 점점 이기적인 인간이 되어 갔다. 하지만 오늘만큼은 이기적이고 싶지 않았다. 나 이외의 것들을 걱정하고 오랫동안 생각하고 싶었다.

다 시 꿈 속 으 로

새해가 되고 일주일 후, 홍주의 아빠가 깨어났다. 오랜 잠을 끝내고 생명 유지 장치를 떼어 냈다. 마치 출근을 위한 알람을 듣고 깨어난 것처럼 자연스러웠다. 낮이었고 구름 한 점 없이 맑은 날이었다. 동네에 남아 있던 사람들이 아저씨의 기상을 지켜봤다. 아저씨를 지키고 있던 송주 언니는 반가움보단 당황스러움이 더 커 보였다. 윤서는 아저씨를 깨우지 않았다.

아저씨는 깨어난 다른 수면자처럼 밥을 많이 먹었다. 아줌마가 정성스레 만든 음식을 계속 먹었다. 홍주와 송주 언니는 아이처럼 엉엉 울었다. 아저씨는 왠지 말을 아끼는 것 같았다. 홍주의 예상과 달리 아저씨는 두 딸의 학교 걱정을 하지 않았다. 아저씨는 그저 오랫동안 두 딸과 아내를 껴안아 주었다.

아저씨가 깨어나면서 동네에 남아 있는 사람들은 깨어난 어른들의 존재를 알게 됐다. 도대체 어떻게 깨어난 것인지 묻기 위해 사람들이 아저씨를 찾아왔는데, 아저씨도 인천에서 만난 맥스처럼 목소리가 들렸다고 답했다.

"무슨 소리가 들렸단 거예요? 도대체 뭐라고 말해야 깨어나는 겁니까?"

남겨진 사람들은 지쳐 있었다. 언제 약탈자가 돌아올지 모른다는 공포와 무력감, 그리고 달라지지 않을 내일에 대한 좌절이 그들을 조급하게 만들었다.

아저씨가 들은 목소리는 지극히 사소한 일상이었다. 홍주가 조잘거리면 송주 언니가 대답하고 아줌마가 둘을 챙기는 평범한 대화. 아저씨는 갑자기 가족의 대화가 들렸다고 했다. 그리고 자신의 자리로 돌아가야 한다고 생각했다고 한다. 아주 당연하지만 내내 잊고 있었던 생각이 자신의 정신을 번쩍 깨웠다고 한다.

홍주의 아빠는 현재 상황을 빠르게 이해했다. 홍주의 엄마, 준영의 아빠와 모여 대화를 나누기도 했다. 아이들을 지켜야 한다는 게 그들의 주된 대화 주제였다. 약탈자의 무자비함에 대해 들은 홍주의 아빠는 경찰서에 가야 한다고 했다.

"경찰서에 경찰이 있겠어요?"

동혁이 말했다. 경찰이 있었다면 약탈자가 수면자의 생명 유지 장치를 망가트리거나 훔치는 일은 없었을 거다. 남겨진 사람들이 매일 밤을 지새워 수면자를 지킬 필요도 없었을 것이다. 하지만 아무도 우릴 지키지 않았다. 우리를 지킬 수 있는 건 우리 자신뿐이었다.

"경찰은 없지만 총이 있지. 우린 좀 더 안전해질 필요가 있어."

홍주의 아빠, 준영의 아빠를 따라 강석과 내가 곧장 준비를 마치고 경찰서에 갔다. 경찰서 문은 열려 있었고 총기 보관소는 3층 복도 끝에 있었다. 그러나 보관소의 문은 부서져 있었고 안에는 단 한 자루의 총도 남아 있지 않았다.

경찰서에서 총은 구하지 못했지만 무전기, 곤봉이나 방패 같은 진압 장비를 챙겨 왔다. 보관소에 총이 남아 있지 않다는 것은 누군가 총을 가지고 있다는 의미였다. 그 누군가는 언제든 마음만 먹으면 총을 쏠 수 있을 것이다. 우리가 지켜야 할 것엔 수면자뿐만 아니라 우리 자신도 포함되어 있음을 새삼 깨달았다.

하루하루가 빠르게 지나갔다. 그사이 윤서는 꿈의 세계에서 나의 엄마를 찾는 데 실패했고 준영의 엄마를 찾는 데는 성공했지만 아줌마는 윤서의 말을 듣지 않았다. 윤서는 그 사실을 준영과 아저씨에게 말하지 않았는데 둘은 왠지 전부 다 아는 눈치였다. 그 후 삼 일이 지나 홍주의 엄마가 잠들었다. 며칠 동안 잠을 줄여 가며 만든 반찬을 냉장고 가득 채워 둔 다음 날이었다. 안방에서 편안한 옷을 입고 이불을 목 끝까지 덮은 채 다시 꿈의 세계로 가 버렸다.

*

나는 기분이 너무 좋아지는 걸 경계했다. 기분이 너무 좋으면 하지 말아야 할 말이 불쑥 튀어나오기도 하고 내 기분에 취해 다른 사람의 기분을 헤아리지 못하기도 한다. 그런 이유가 아니더라도 주체할 수 없이 기쁜 다음엔 꼭 견딜 수 없는 슬픔이 온다. 마치 슬픔만 주기 미안한 것처럼 기쁨이 잠시 왔다가 간다.

아빠가 집을 나가기 전, 아빠와 단둘이 놀이공원에 갔다. 강석이 아닌 나 혼자 아빠를 독차지한다는 사실에 주체할 수 없을 만큼 기뻤다.

그날은 내 인생 최고의 날이었다. 여느 행복한 어린애처럼 한 손으론 아빠의 손을 잡고, 다른 한 손엔 얼굴보다 큰 솜사탕을 쥐고 손이 다 끈적끈적해질 때까지 들고 다녔다. 아빠는 내가 하고 싶다는 걸 다 들어줬고 자주 함께하지 못해 미안하다고 했다. 나는 아빠의 말이 앞으로 더 자주 함께하겠다는 약속처럼 들렸다. 행복한 시간 속에서 나는 다음 행복을 떠올렸다.

그리고 다음 날 아빠가 집을 나갔다. 나에게 준 행복이 사실은 아빠의 죄책감을 면하기 위한 방편이었을까. 내 행복은 깨졌고 미래는 사라졌다. 이후로 나는 주체할 수 없는 기쁨을 믿지 않는다. 얼마나 큰 불행을 안겨 주려 나를 회유하는지 의심부터 한다.

홍주는 그런 면역이 없었다. 부모님에게 항상 의심받아도 홍주는 부모님을 믿으려 했다. 그 모든 것은 다 자신을 위한 말이라고, 사랑의 표현이라고. 겉으론 툴툴거려도 자신이 두 분에게 사랑받고 있음을 의심하지 않았다.

"도대체 뭐가 문제야."

홍주가 편안하게 잠을 자는 아줌마를 바라봤다. 아줌마는 더 이상 울지 않는다. 더 이상 슬퍼 보이지 않는다. 울음을 참기 위해 차를 끓이지 않고 자신의 감정이 차와 함께 식기를 기다리지 않는다.

"대체 뭐가 문제냐고."

홍주는 결국 울음을 터트렸다. 홍주가 내게 안겼다. 나를 부른 건 송주 언니였다. 송주 언니는 홍주와 며칠 같이 있어 달라고 부탁했다.

"홍주 좀 잘 챙겨 주렴. ……미안하구나."

아저씨가 말했다. 아저씨는 잠을 설친 듯 안색이 어두웠다.

"아빠도 잠들 거면 집에서 잠들어. 최소한 우리를 생각한다면. ……우릴 생각한다면."

홍주가 아저씨를 노려보듯 빤히 쳐다봤다. 아저씨는 홍주의 눈을 마주할 수 없었다. 홍주는 방에 들어가 다시 집으로 돌아오지 않을 것처럼 가방에 마구 짐을 챙겼다. 송주 언니는 아줌마가 만든 반찬을 나눠 주기 위해 부엌으로 갔다. 순식간에 방은 다시 고요해졌고 아줌마의 고른 숨소리만 규칙적으로 들렸다.

"아저씨는 알고 있었어요? ……다시 잠들기 전 아줌마가 대체 뭐라고 했어요?"

아줌마의 수면은 왠지 계획적으로 느껴졌다. 가득 채운 냉장고, 깨끗한 집, 정갈한 옷과 침대. 이 모든 일을 아저씨가 몰랐을 리 없었다.

"홍주가 많이 힘들어 해. 강희가 윤서랑 같이 잘 보듬어 줘. 아줌마는 깨어날 거야. 꿈은 언젠간 깨어나야 하는 거잖니."

아저씨가 힘겹게 웃었다. 아저씨는 금방이라도 지쳐 쓰러질 것처럼 보였다. 혹시 아줌마가 아저씨를 깨운 걸까. 송주 언니와 홍주를 아저씨에게 맡기기 위해. 더 편하게 잠들기 위해. 죄책감을 느끼지 않기 위해.

나는 홍주를 데리고 우리 집으로 왔다. 곧 윤서도 도착했다. 우린 침대를 두고 바닥에 이불을 깔았다. 홍주는 더 이상 눈물을 흘리지 않았지만 울지 않아도 계속 울고 있는 것처럼 보였다.

"미친 거 같아."

홍주가 말했다.

"다 미쳤어. 엄마도 그렇고, 다른 어른들도 전부. 엄마는…… 정말 무책임해. 백번 양보해서, 처음엔 잠들 수 있어. 우리가 이렇게 지낼 줄 알았겠어? 우리도 금방 끝날 거라고 생각했으니까. 근데 지금은? 엄만 다 봤어. 우리가 얼마나 힘들게 지내고 있는지 다 봤잖아. 이번엔 다 알고 잠든 거야. 우리가 힘들었다는 걸 알고, 더 힘들어질 걸 알고 잠들어 버린 거야."

홍주의 감정이 격해졌다. 우리는 홍주를 막지 않았다. 그렇게라도 감정을 쏟아 내지 않으면 홍주는 펑 터져 버릴지도 몰랐다.

"내가 더 찾아볼게."

윤서가 말했다. 아줌마가 다시 잠들었다는 걸 알자마자 윤서는 꿈의 세계에 갔다. 처음 아줌마를 찾았던 장소엔 아무도 없었다. 윤서는 아줌마가 있을 만한 곳을 샅샅이 뒤졌지만 아줌마의 그림자도 발견하지 못했다. 아줌마는 작정하고 꽁꽁 숨어 버린 사람처럼 그 어느 곳에도 없었다.

"됐어. 찾지 마. 깨우지 마. 이제 안 기다려."

홍주가 이불을 머리끝까지 올려 덮었다. 우리는 홍주에게 어떤 말을 해야 할지 알지 못했다.

*

어른들과 강석, 동준이 수액을 구하러 시립 도서관에 갔다. 시립 도서관은 걸어서 한 시간 걸리는 곳에 있었다. 최대한 많은 수액을 가져오기 위해 준영 아빠의 차를 타고 가기로 했다. 어른들은 혹시 모를 일에 대비해 경찰서에서 가져온 진압봉과 방패를 차에 실었다.

"강희야."

시립 도서관에 출발하기 전, 강석이 내게 슬며시 다가왔다.

"찬미 좀 챙겨 줘. 같이 밥도 먹고."

176

새해 첫날 이후 찬미를 보지 못했다. 찬미는 함께 모여야 하는 일이 없으면 집에서 잘 나오지 않았다. 강석은 찬미를 챙기라는 말을 남기곤 가 버렸고 나는 곧장 홍주, 윤서와 함께 찬미에게 갔다. 문을 열고 나온 찬미는 며칠 새에 엉망이 되어 있었다. 살이 너무 많이 빠진 탓에 옷마저 헐렁거렸다.

"꼴이 이게 뭐야……?"

우리가 생각만 하던 말을 윤서가 끝내 내뱉었다. 찬미는 조금 웃으며 집으로 들어오라고 했다. 현관문 바로 앞에 은혜 언니가 잠들어 있었다. 깔끔한 정장 차림이었고 어깨엔 담요가 덮여 있었다.

"조심해서 들어와. 차라도 끓여 줄까? 아, 핫초코 조금 있는데."

찬미가 찬장을 열어 뒤적거렸다.

"아니, 핫초코는 됐고, 얼른 강희네 가서 밥 먹자. 너 그러다가 쓰러지겠어."

"그러니까. 빨리 우리 집으로 가. 강석이 갑자기 왜 너 챙기라고 했는지 알겠네."

내 말에 찬미가 찬장을 뒤적거리던 손을 멈추고 돌아봤다.

"강석이가 그랬어?"

"어. 너랑 같이 밥 먹으래. 그러니까 얼른 가자."

찬미는 조금 웃어 보였고 살이 빠진 탓에 보조개가 더 깊게 파였다.

"아픈 건 아니지?"

"아냐. 그냥 입맛이 없어서 그래. 혼자 있으니까 잘 안 먹게 되네."

우리는 찬미를 방으로 들여보내 옷을 입혔다. 찬미는 우리가 이끄는 대로 움직였다. 우리 셋이 들어서 옮길 수도 있을 정도로 찬미의 몸은 앙상했다. 꼭 마른 나뭇가지 같았다. 조금만 힘주어 잡으면 부러질 것만 같았다.

우리 집에 도착해 즉석밥 두 개와 라면 네 개를 단숨에 해치웠다. 참치캔은 딸 필요도 없었다. 홍주의 엄마가 만들어 둔 반찬이 넉넉했다. 찬미는 서두르지 않고 천천히 먹었다. 식사를 마치고 우리는 다 같이 배를 두드리며 거실에 누웠다.

"좀 어때?"

"좋아. 배불러."

찬미의 목소리가 나른했다. 거실 창으로 오후 햇살이 넘어 들어왔고 우리의 눈꺼풀은 무거워졌다. 사방이 조용하니 눈을 감지 않을 수 없었다. 우리는 단숨에 잠들어 버렸다. 한겨울의 따뜻한 햇살을 당해 낼 재간이 없었다. 나는 문득 엄마를 떠올렸다. 엄마는 흐린 날을 더 좋아했다.

엄마의 방은 늘 커튼이 처져 있었다. 엄마가 잠든 후, 강석은 항상 커튼을 반쯤 열어 두었다. 엄마에게 낮과 밤을 알려 주고 싶어 했기 때문이었다. 어쩌면 엄마의 꿈에 빛이 들길 바란 걸지도 모른다. 엄마의 꿈속은 어두울까. 햇살이 한 점도 들지 않는 어떤 곳에

서 노래라도 듣고 있는 걸까. 우리가 고단한 매일을 보내고 있다는
걸, 그래서 잠깐이라도 누우면 곧바로 잠들어 버린다는 걸 엄마는
알까.

*

우리가 깨어난 건 사람들이 돌아오고 난 후였다. 차를 타고 간 덕
분에 빠르게 시립 도서관에 도착했지만, 도서관을 지키는 사람들
과 대화를 나눠야 했기 때문에 늦었다고 했다.

"약탈자야?"

"아냐. 약탈자들한테 빼앗기지 않으려고 방범대가 꾸려졌대. 수
액을 더 안전하게 받으려면 우리가 직접 배달을 해야 할 거라고
했어."

내 물음에 강석이 답했다.

"거기 있는 사람들이 돌아가면서 수액을 배달하기로 했대. 기사
아저씨가 대량으로 가져오면 소분해서 배달하는 거지. 아저씨한테
운전 배우기로 했어."

동혁이 말했다. 깨어 있는 사람들도 더 이상 당하고만 있지 않
았다.

"나도 배울게. 운전할 수 있는 사람이 많으면 좋잖아."

동준이 거들었다. 동준은 아마 아이들이 있는 병원에 가기 위해

운전을 배우려는 듯했다. 벌써 집을 정리하며 안 입는 옷, 양말, 생필품 등을 가득 챙겨 두었다.

"약탈자가 계속 위협하긴 하나 봐. 자주 들러서 도와야 할 것 같아. 수액이 없으면 큰일이니까."

"미친놈들. 어쩜 그렇게 자기들만 생각할까."

강석의 말에 홍주가 이를 갈았다. 그들은 비겁했지만 살아남는 가장 쉬운 방법을 택한 것이다. 직접 필요한 것을 구하지 않고 사람들이 가져온 것을 뺏는 것. 지금의 세상에서 옳은 것과 옳지 않은 것을 구분하기는 쉽지 않았다.

"이제 음식도 구해야 해."

깨어난 사람이 늘었으니 구비해 놓은 음식이 빠르게 줄어드는 건 당연했다. 깨어난 수면자가 한 번에 많은 음식을 먹어 버리는 탓에 음식은 더 빠르게 줄었다.

"어디로 가야 할지 고민해 보자. 더 이상 주변에선 구할 수 없을 것 같아."

준영의 아빠가 말했다. 나는 찬미, 강석과 함께 집으로 돌아가 저녁을 만들어 먹었다. 찬미는 저녁을 잘 먹지 못했다. 점심때 먹은 게 아직도 소화되지 않았다고 했다.

"내일도 와. 같이 밥 먹자."

내 말에 찬미는 고개를 끄덕였다.

"찬미 데려다주고 올게."

강석이 찬미와 함께 밖으로 나갔다. 밖은 이미 어두워진 후였다. 거실에 깔아 둔 이불을 접어 소파 위에 올리려는데 소파 한쪽에 찬미의 목도리가 있었다. 나는 서둘러 외투를 입고 문을 열었다. 다행히 계단 바로 아래에 찬미가 있었다.

"왜 피해?"

계단을 내려가려는 찰나, 찬미의 목소리가 들렸다. 나는 재빨리 벽에 몸을 숨겼다. 센서 등이 켜지지 않는 게 다행이었다.

"안 피해."

강석의 목소리가 심드렁했다.

"지금도 나 안 보잖아."

찬미는 어딘가 안달이 나 있었다. 나는 벽에 최대한 붙어 둘의 모습을 봤다. 훔쳐보는 꼴이었지만 눈치 없이 끼어들 분위기가 아니었다.

"내가 왜 널 봐야 하는데."

강석의 차가운 목소리에 찬미가 입술을 깨물었다. 나는 왠지 못된 짓을 하고 있는 것처럼 심장이 쿵쾅거렸다.

"……나 좀 좋아해 주면 안 돼? 그게 그렇게 어려운 일이야?"

찬미의 목소리가 가늘게 떨렸지만 강석은 눈 하나 깜짝하지 않았다. 이토록 차가운 강석은 오랜만이었다.

"빨리 가자. 늦었어."

강석이 찬미를 지나쳤다. 찬미는 돌이 된 것처럼 움직이지 않왔다.

"황찬미."

강석이 몇 걸음 가지 못하고 뒤돌았다. 강석은 멀리 가지 못할 사람이었다.

"내가 잠들게 돼도?"

찬미가 말했다. 강석의 얼굴이 보이지 않았지만 어떤 표정을 짓고 있을지 나는 너무도 잘 알았다. 자신을 인질로 삼는 것은 강석이 제일 싫어하는 거였다.

엄마는 틈만 나면 살기 싫다고 했다. 무엇을 그렇게 견딜 수 없었는지 매일 화를 냈다. 엄마가 그럴 때면 우린 엄마의 비위를 맞췄다. 엄마가 원하는 대로 말하고 행동했다. 어렸던 우리는 엄마가 죽게 될까 두려웠다. 하지만 나는 곧 익숙해졌다. 어느 순간 두렵지 않았다. 하지만 강석은 아니었다.

강석은 찬미의 물음에 아무 대답도 하지 않았다. 찬미는 강석이 아무 말이라도 해 주길 간절히 바랐겠지만 한참이 지나도 강석은 말이 없었다. 찬미가 먼저 걸음을 옮기지 않았다면 강석은 해가 떠오를 때까지 가만히 서 있었을 것이다. 찬미도 알았다. 강석이 절대 먼저 움직이지 않을 거란 걸. 결코 자신의 마음을 받아 주지 않을 거란 걸.

다음 날 우린 평소보다 일찍 일어나 다른 아이들과 함께 집을 청소했다. 문을 활짝 열어 두고 환기를 했다. 소파 커버를 교체하고 바닥을 쓸었다. 오랜만에 하는 청소라 집 안이 온통 먼지로 가득했지만 바람이 잘 통해 금방 빠져나갔다. 마지막으로 걸레를 빨아 집 안 구석구석을 닦았다. 남은 먹을거리를 차곡차곡 정리하고 베란다 바닥도 닦았다. 집 안은 금세 멀끔해졌다. 환기를 해서 집 안의 공기가 차가웠다. 우리는 서둘러 문을 닫은 뒤 물을 끓이고 점심을 준비했다. 물이 끓어오르며 금방 공기를 데웠다.

"찬미가 안 오네. 데리러 갈까?"

홍주가 말했다. 나는 괜히 강석의 눈치를 살폈다.

"같이 가자. 쓰레기 버릴 거 남았어."

우린 강석에게 식사 준비를 맡기고 찬미에게 갔다. 한 손에 쓰레기를 나눠 들고 어제 돌려주지 못한 목도리도 챙겼다. 찬미를 어떻게 봐야 할지 걱정이 앞섰다. 찬미가 강석을 좋아한다는 건 해길고 학생이라면 누구나 알았다. 모두가 잘 어울린다고 응원하며 언젠간 둘이 사귀게 될 거라고 예상했다. 찬미가 강석을 좋아하고, 강석도 찬미를 좋아한다. 그게 사람들이 원하는 결말이었다. 하지만 강석은 아니었다. 강석은 찬미를 보지 않았다.

문이 조금 열려 있었다. 나는 왠지 문고리를 잡지 못했다. 순간 스치는 지난 기억 때문에 머리가 어지러웠다. 아직도 문을 여는 게 두렵다. 문 너머엔 항상 상상을 초월하는 무언가가 있었다.

윤서가 문을 열었다. 문을 열자마자 잠든 은혜 언니가 있었다. 우린 조심히 언니를 지나쳐 거실로 들어갔다. 신발장엔 신발이 흐트

러져 있었다.

"찬미야, 밥 먹으러 가자."

거실엔 아무도 없었다. 집은 익숙한 고요로 가득했다. 우린 서로
의 눈을 번갈아 쳐다봤다. 거짓말이길 바랐다. 우리가 예민하게 반
응하는 거였으면 좋겠다고 생각했다. 하지만 우린 알았다. 아무리
불러도 대답이 돌아오지 않을 걸 알았다. 찬미는 방 안에서 잠들었
다. 옷도 갈아입지 않고 침대에 기댄 채 자고 있었다. 우리는 찬미
를 깨우지 않았다. 깨워도 깨어나지 않을 걸 알았다.

위 험 한 세 계

하루 종일 눈이 내렸다. 눈이 쌓이면 바닥을 쓸고 근처 화단에서 흙을 퍼 와 뿌렸다. 넘어지는 일이 잦았으나 다시 일어서 바닥을 쓸었다. 겨울은 끝나지 않을 것만 같았다. 먹을 것이 거의 바닥났지만 눈이 오는 탓에 음식을 구하러 가기 어려웠다. 준영의 아빠는 봄이 오면 밭을 일궈야겠다고 했다.

"아저씨는 안 피곤한가 봐. 어른은 끊임없이 불안해하는 존재 같아. 가만히 있으면 벌을 받는 사람처럼 굴잖아."

홍주가 말했다. 홍주는 여전히 우리 집에 머물렀다.

"······벌은 우리가 받고 있는데."

몸이 으슬으슬했다. 강석과 준영은 시립 도서관에 갈 준비를 했다. 돌아오는 길엔 주변을 둘러보며 먹을 만한 게 있을지 찾아보기로 했다. 준영의 아빠가 운전을 하고 홍주의 아빠가 조수석에 앉기로 했다.

"도서관에 배터리가 남아 있을까?"

준영이 말했다. 사람들이 깨어난 덕분에 생명 유지 장치는 넉넉했다. 다만 배터리가 부족했다. 잠든 지 나흘이 지나기 전에 찬미에게 유지 장치를 연결해야 했다.

"꼭 지금 가야겠어?"

옷을 단단히 챙겨 입는 강석을 말리고 싶었다. 새벽부터 내린 눈이 밤까지 멈추지 않았다. 길이 미끄러운 건 고사하고 눈 때문에 라이트를 켜더라도 앞이 잘 보이지 않을 것이다.

"내일 가자고 얘기해 봐. 밝을 때 가는 게 낫잖아."

"지금까지 기다렸는데도 눈이 그치질 않잖아. 얼마나 더 올지 몰라. 그렇게 안 머니까 괜찮아. 금방 다녀올 수 있어."

"······찬미 때문이야?"

운동화를 신던 강석이 잠시 주춤했지만 이내 몸을 바로 세우고 문을 열었다.

"찬미도 그렇고, 다른 사람들 배터리도 그렇고. 먹을 것도 거의 떨어졌잖아."

강석은 지체 없이 출발했다. 나는 더 말릴 수 없었다. 우리에겐 많은 것이 필요했다. 필요한 게 눈앞에 뚝 떨어지진 않았다. 예전에는 손쉽게 가졌던 것들이 너무도 멀리 있다.

*

　윤서는 밤새 꿈의 세계에 있었다. 동네에 남은 사람들이 소문을 듣고 윤서를 찾아온 건 홍주의 아빠가 깨어난 뒤였다. 처음엔 윤서가 수면자를 깨울 수 있다는 사실을 숨기려 했다. 윤서는 하나지만 수면자는 너무도 많았다. 하지만 윤서는 사람들을 깨우기로 했다. 윤서는 수면자의 얼굴을 확인하고 꿈의 세계로 갔다. 몇몇은 깨어났지만 몇몇은 윤서의 목소리를 듣지 않았다. 윤서는 가능한 한 많은 사람을 깨우고 싶어 했다. 꿈의 세계에 있는 시간이 길어질수록 안색이 파리해졌지만 깨어난 사람을 보면 기뻐했다. 사람들이 제자리로 돌아갈 수 있어서 다행이라고 했다.

　하지만 문제가 있었다. 깨어난 사람이 늘어날수록 깨어나지 않는 수면자의 가족이 윤서를 닦달하기 시작했다.

　"조금만 더 찾아보면 안 될까? 얼마 찾지도 않았잖아."

　윤서가 희생하면 할수록 그 희생을 당연하게 여기는 사람이 많아졌다. 사람들은 윤서의 지친 얼굴을 보지 않는다. 윤서를 찾아 집으로 온 사람들을 억지로 밖으로 내보내야 했다. 나는 사람들이 당연하듯 하는 요구를 받아 주지 말아야 한다고 했지만 윤서는 고개를 저었다.

　"그러지 마. 얼마나 간절하면 그러겠어. 우리 엄마 아빠가 살아 계셨으면 나도 그랬을 거야. 누가 부모님을 깨울 수 있으면 매일 가서 졸랐을 거야. 부모님 좀 깨워 달라고. ……나 좀 도와 달라고."

나는 사람들을 막을 수도, 윤서를 말릴 수도 없었다. 그저 그 사이에서 윤서가 덜 지치게 하는 수밖에 없었다.

새벽에 일어나 보니 눈이 그쳐 있었다. 해는 아직 밝지 않았지만 바람도 거의 불지 않았다. 나는 잠이 다 달아난 탓에 물을 끓였다. 찬장을 열어 재스민 잎을 꺼냈다. 문득 홍주의 엄마가 왜 차를 끓였는지 이해했다. 불을 켜 놓으면 불에 대해서만 생각할 수 있다. 물이 끓어 넘치거나 다 증발해 주전자를 태워 버리지 않도록 곁에서 지켜봐야 한다. 물이 끓는 동안은 아무 생각도 하지 않을 수 있다. 그런 다음 뜨거운 차를 한 입 마시면 속이 순식간에 꽉 차는 느낌이 든다. 왠지 모르게 든든해진다. 아줌마는 그래서 차를 끓였던 걸까.

엄마도 자주 차를 끓였다. 누워 있는 때를 제외하고, 아니 누워 있을 때마저도 옆에 차를 두었다. 거의 마시지는 않아 차갑게 식은 채 버려지는 경우도 많았다. 엄마는 어째서 그토록 많은 차를 끓인 걸까. 왜 마시지 않은 걸까. 차는 엄마를 위로하지 못했을까. 나는 물을 조금 더 끓였다. 재스민 잎을 망에 넣어 천천히 우려냈다. 재스민 향이 은은하게 피어올랐다. 나는 김이 오르는 찻잔을 엄마 옆에 놓아두었다.

*

아침에 사람들이 꿈의 세계에 가 달라며 윤서를 또 찾아왔다. 윤서는 눈을 비비며 일어나 사람들을 따라 집 밖으로 나섰다. 나와 홍주는 눈을 쓸었다. 새벽에 눈이 그쳤지만 여전히 온 동네에 눈이 쌓여 있었다. 자동차가 좀 더 쉽게 들어오려면 동네 입구부터 눈을 치워야 했다.

눈을 치우다 보니 마을 입구까지 다다랐다. 손이 시리고 팔이 저렸지만 시립 도서관에 간 사람들이 돌아오기 전에 마칠 수 있어서 다행이었다.

"어? 자동차다."

홍주가 도로를 가리키며 말했다. 멀리서 차 한 대가 동네 쪽으로 들어오고 있었다. 당연히 강석이 돌아온 거라고 생각했지만 강석이 타고 갔던 차가 아니었다. 검은색 승합차였다. 우리는 괜히 긴장한 채로 자동차가 다가오는 걸 지켜봤다. 자동차는 우리 옆에 섰다. 운전석 창문이 내려가자 이십 대 초반으로 보이는 남자가 있었다. 뒷좌석은 창문 선팅이 진해서 안이 보이지 않았다.

"안녕, 얘들아. 이 동네에 수면자를 깨워 준다는 사람이 있다던데. 혹시 알아?"

남자가 사근사근하게 웃으며 말했다.

"……왜요?"

남자의 분위기가 묘했다. 사람 좋아 보이는 미소를 짓고 있었지만 왠지 믿음이 가지 않았다.

"소문을 듣고 왔어. 우리도 부탁하고 싶어서."

"저흰 잘 모르겠어요."

내 대답에 남자는 아무 말도 하지 않았다. 뭔가를 고민하는 듯 핸들에 올린 손을 까닥거리다 이내 창문을 닫고 동네로 들어갔다. 갑자기 심장이 빠르게 쿵쾅거리기 시작했다. 남자의 눈빛이 평범하지 않았다. 웃고 있었지만 잔뜩 화가 난 것처럼 보이기도 했다.

"홍주야, 얼른 윤서한테 가자. 저 사람들이랑 만나게 하면 안 될 것 같아."

가슴이 기분 나쁘게 울렁거렸다. 내 몸이 있는 힘껏 불행을 감지하고 있는 것만 같았다. 그러나 동네 어디에서도 윤서를 찾을 수 없었다. 한참 헤맨 다음에야 마지막으로 윤서를 본 사람을 만날 수 있었다.

"교회로 가 봐. 문이 열려 있을지는 모르겠지만."

우린 걸음을 재촉했다. 지름길로 가려고 담을 넘어 달렸다. 멈출 수 없었다. 교회 앞엔 검은색 승합차가 있었다.

윤서는 얇은 이불 위에 잠들어 있었다. 윤서 옆엔 수면자가 있었고 그 주변으로 다섯 명의 남자가 잠든 윤서를 내려다보고 있었다. 우리는 서둘러 윤서에게 다가갔다. 윤서를 둘러싼 남자들을 밀치고 윤서 앞에 섰다.

"잘 모르겠다며?"

동네 입구에서 만난 남자가 이죽거렸다. 나도 모르게 홍주의 손을 잡았다. 다리가 후들거리기 시작했다.

"이상하긴 했지. 수면자를 깨울 수 있다고 하면 보통 놀라는 게 정상인데."

"무슨 일인데요?"

겁먹은 걸 들키지 않기 위해 잔뜩 힘을 주고 말했지만 남자에겐 전혀 위협이 되지 않는 것 같았다.

"수면자를 깨울 수 있다길래. 쓸데없이."

남자의 시선이 여전히 윤서에게 머물렀다. 나는 남자가 윤서를 볼 수 없도록 더 가까이 윤서에게 붙어 섰다. 남자는 내 행동이 못마땅한지 다른 남자에게 고개를 까닥였고, 남자들이 나와 홍주를 윤서에게서 떨어트리려 했다.

"김윤서! 일어나! 빨리 일어나!"

우리는 남자들의 손을 뿌리치며 소리쳤다. 큰 소리로 윤서를 불렀다. 남자들은 억지로 우리를 윤서와 떨어트렸고, 우린 나뒹굴어졌다.

"이게 무슨 일이야?"

다행히 윤서가 바로 깨어났다. 윤서가 깜짝 놀라 우리에게 달려오려는 걸 남자가 막았다. 남자는 윤서의 어깨를 잡고 억지로 앉게 했다.

"뭐 하는 거예요!"

윤서가 남자의 손아귀에서 벗어나려 했지만 역부족이었다. 우리는 온 힘을 다해 윤서에게 다가가려 발악했다.

"조용히 해."

남자의 말에 우린 모두 멈출 수밖에 없었다. 남자의 서늘한 목소리 때문이 아니었다. 남자가 재킷 주머니에서 꺼낸 총 때문이었다. 손바닥만큼 작았지만 분명 총이었다. 순식간에 몸이 경직되었다. 마치 고장 난 것처럼 어떤 행동도 할 수 없었다. 총을 겨눈 남자의 눈이 장난스러웠다. 우린 남자의 손짓이 시키는 대로 천천히 이동했다. 남자는 재미있다는 듯 총을 흔들어 보였다. 총구가 잠시 우리에게 머물다 이내 거둬졌다. 안심하는 것도 잠시, 남자는 단상 옆에서 잠든 수면자의 생명 유지 장치를 향해 방아쇠를 당겼다. 귀가 찢어지는 듯한 총성에 귀를 막았다.

"아저씨!"

윤서가 수면자에게 달려갔다. 다행히 총알은 빗나갔고, 생명 유지 장치도 수면자도 무사했다.

"……미쳤어요?"

윤서가 남자를 노려봤다. 윤서의 눈이 붉게 충혈되어 있었다.

"아니?"

남자가 장난스럽게 웃었다.

"지금 사람을 죽일 뻔한 거라고요."

"난 기계를 망가트리려던 것뿐이야. 기계는 원래 잘 망가지잖아."

윤서는 넋이 나가 보였다.

"당신들…… 여기 온 적 있지."

"글쎄. 우린 안 가는 곳이 없어. 사람들을 도와주거든."

남자가 수면자에게 다가가 발로 툭툭 건드렸다.

"이런 쓸모없는 인간들에게서 벗어나게 해 주지."

남자의 말에 윤서가 남자에게 달려들었다. 말릴 틈도 없이 윤서가 남자를 넘어트렸다.

"당신이 우리 엄마 아빠를 죽였지! 당신이 기계를 가져갔지!"

악에 받친 윤서의 목소리가 찢어질 것만 같았다. 윤서는 남자에게 마구잡이로 주먹을 휘둘렀다. 하지만 주변에 있던 남자들이 손쉽게 윤서를 제압했고 남자가 먼지라도 묻은 듯 옷을 털었다. 손에는 여전히 총을 쥔 채였다. 나는 윤서에게 달려가 껴안았다. 윤서는 계속해서 남자에게 달려들려 했지만 말려야 했다. 남자는 총을 가지고 있었다. 사람을 죽일 수도 있는 진짜 총이었다.

"안 돼, 윤서야. 안 돼……."

두려움에 온몸이 떨려 왔다.

"어떻게…… 어떻게 사람을 죽일 수가 있어. 어떻게……."

윤서가 몸에서 힘을 풀며 울음을 터트렸다. 이 남자들은 얼마 전 수면자의 유지 장치를 빼앗은 사람들일 것이다. 윤서의 부모님을

죽게 한 사람들일 것이다. 윤서의 분노는 당연했지만 분노가 윤서
를 지킬 순 없었다.

"사람을 죽인 게 아니지. 기계가 사라졌을 뿐이야."

"그게 그거잖아요. 기계가 없으면 죽는다는 걸 알잖아요!"

윤서가 소리쳤지만 남자는 듣지 않았다.

"사람을 죽이는 건 쉽지 않아. 생각이 너무 많아지거든. 하지만
이런 건 쉽지."

남자가 다시 한번 수면자의 생명 유지 장치 쪽으로 총을 겨눴다.

"하지 마세요! 제발 하지 마, 제발⋯⋯."

윤서가 수면자의 몸 위로 엎어졌다. 나는 윤서를 수면자에게서
떨어뜨리려 했지만 윤서는 결코 떨어지지 않았다. 남자는 어깨를
으쓱하며 총구를 거뒀다.

"뭐, 가족이라도 돼?"

"⋯⋯깨어날 수도 있었어요."

"그래, 네가 사람들을 깨울 수 있다며. 대체 어떻게 하는 거야?"

"당신 가족이라도 이렇게 했을 건가요?"

윤서의 말에 남자의 얼굴에서 장난기가 사라졌다. 남자는 윤서
에게 가까이 다가갔다. 윤서는 겁먹지 않으려 주먹을 꽉 쥐었지만
두려움은 쉽게 숨겨지지 않았다.

"내 동생은 머리가 깨져 죽었어. 나도 지키는 사람이었지. 잠든
가족을 지키려고 수액을 구하고, 음식을 구하고⋯⋯. 그렇게 견디

다 보면 다 괜찮아질 거라고 믿었어. 하지만 결국 다 부질없었지. 이러면 안 되는 거라고? 그럼 내 동생은 왜 죽었지? 다른 놈들도 더 많이 가지려고 사람을 죽여. 적어도 난 사람은 안 죽이지. 수면자들? 저건 사람이 아니야. 사실 이미 죽어 있는 거야. 아니라면 왜 깨어나지 않지? 이토록 힘든 우릴 거들떠보지도 않고 말이야."

"……우리라고 하지 마."

"너도 결국 우리가 될 거다. 이건 경고야. 더 이상 아무도 깨우지 마. 그냥 좋은 꿈이나 꾸게 둬. 깨워도 좋은 소리 못 들을걸. 왜 깨웠냐고 화낼지도 모르지."

"그럴 리 없어."

"……언젠간 내가 너흴 구했다고 생각할 날이 올 거야."

남자들은 순식간에 교회를 빠져나갔다. 우린 넋을 잃고 한참을 앉아 있었다. 다리에 힘이 들어가지 않았다. 긴장이 풀린 탓에 눈물이 마구 쏟아졌다.

*

남자들이 돌아가고 난 후, 어른들은 윤서가 더 이상 수면자들을 깨우지 못하게 했다. 윤서는 어른들의 생각을 이해하지 못했다.

"깨어나면 좋은 거잖아요. 같이 싸울 수도 있는 거잖아요."

"너무 위험해. 당분간만이라도 그만둬야 해. 어차피 최근엔 깨어나는 사람도 없었잖니."

홍주 아빠의 말에 윤서가 입을 다물었다. 사람들은 수면자가 깨어나지 않는 걸 윤서의 탓으로 돌리기도 했다.

"넌 좀 쉬어야 해."

홍주가 침대에 걸터앉으며 말했다.

"쉬고 있어."

"더 쉬어야 한다고."

윤서는 대답하지 않고 침대에 누웠다.

"무슨 생각 하는지 알아. 지금은 안 돼. 우리 진짜 위험했어."

진짜 총이었다. 더 끔찍했던 건 그들에게 망설임이 없었다는 것이다. 어떤 고민이나 죄책감도 없었다. 우리가 총을 맞을 수도 있었다.

"위험해질 거라곤 생각 못 했어. ……사람들을 깨우는 건 좋은 일이잖아."

윤서가 낮게 중얼거렸다. 나는 아무 말도 하지 않았다.

이제 잘 모르겠어.

입술 끝에 매달린 말은 끝내 내뱉어지지 않았지만 그래서 더 복잡해졌다. 나는 홍주의 엄마를 떠올렸다. 홍주는 아줌마가 깨어난 걸 무척 기뻐했지만 아줌마는 아니었을지도 모른다. 겉으론 돌아와 기쁘다고 했지만 눈물을 흘렸고 결국 다시 잠들었다. 어쩌면 남자의 말이 맞을지도 모른다. 이기적인 건 우리일지도 모른다.

강석과 아저씨들이 돌아왔다. 시립 도서관에는 배터리가 없었다. 다만 그곳의 사람들이 배터리가 있을 만한 곳을 알려 줬다고 한다.

"꼭 지금 가야 해?"

시립 도서관 사람들은 인천 쪽에 배터리가 많다고 했다. 하지만 불확실한 정보였다. 깨어난 사람이 많으니 배터리가 많이 있을 거란 추측일 뿐이었다. 모두가 불안한 지금, 또다시 강석과 어른들이 인천으로 가 버린다면 윤서에게 찾아오는 사람들을 막을 수 있을까.

"금방 올 거야. 한 번 가 본 길이니까. 홍주네 아빠는 여기 계실 거야."

배터리를 가지러 가는 건 강석과 준영, 준영의 아빠였다. 아저씨는 인천 길을 잘 안다고 했다.

"며칠만 더 있다 가. 아직 배터리 있잖아."

찬미가 잠든 지 이틀이 지났다. 정부에서는 잠들고 나흘 이내에는 유지 장치를 달아야 한다고 권고했다.

"그럼 내일 가. 조금만 더 쉬고 가."

나는 왠지 총을 가진 남자가 여전히 주변에 있을 것 같은 느낌을 떨쳐 낼 수 없었다. 남자가 어디선가 우리를 감시하고 있을 것만 같았다. 지금은 누구도 움직이면 안 됐다.

"안 되는 거 알잖아. 찬미가 잘못될 수도 있어."

"하루 좀 더 굶는다고 큰일 나겠어?"

"강희야."

강석의 목소리가 낮았다. 강석의 낮은 목소리는 일종의 경고였지만 두렵지 않았다. 내가 두려운 건 강석이 다치는 거였다. 내 곁에서 강석이 사라지는 거였다.

"찬미한테 필요한 거잖아. 솔직히, 우리가 찬미를 구해야 할 필요는 없어."

"최강희!"

"맞잖아! 네가 왜 목숨 걸고 찬미를 구해야 하는데! 그냥 집에 있으라고. 집에 있어도 위험하다고. 제발 가만히 좀 있어. 제발 아무것도 하지 마……."

눈물이 났다. 울지 않으려 했지만 눈물은 참으면 참을수록 더 흘러 버린다. 슬픈 게 아니다. 화가 난 것뿐이다. 위험한 걸 알면서도 가겠다는 강석의 멍청함에 미치도록 화가 났다.

"나였어도 말렸을 거야?"

말문이 막혔다. 강석의 말을 단번에 이해할 수 없었다.

"잠든 사람이 나였어도 배터리 구하겠다는 사람 말렸을 거냐고."

"너랑 찬미는 달라. 너는 내 가족이잖아."

"다를 거 없어. 구할 수 있으면 구하는 거야. 할 수 있으면 하는 거라고."

강석은 그렇게 인천으로 갔다. 예전부터 강석은 말릴 수 없는 사람이었다. 그리고 그날 밤, 윤서는 꿈의 세계에서 나의 엄마를 찾았다. 엄마는 피아노를 치고 있었다. 잔잔한 곡을 쉬지 않고 연주하고 있었다고 한다. 윤서가 가까이 다가가 이제 나가자고 말했다. 모두 기다리고 있다고. 상황이 좋지 않다고. 강희가 울고 있다고. 그러니 어서 깨어나 달래 줘야 한다고. 하지만 끝내 엄마는 아무 대답도 하지 않았다고 한다.

"미안해."

윤서가 울었다. 도저히 전하고 싶지 않은 진실이었을 것이다. 윤서의 잘못이 아니라고 말해 줘야 하는데, 네 잘못은 하나도 없다고 말해 줘야 하는데 힘이 나지 않았다. 입술이 옴짝달싹하지 않았다. 나는 결국 버림받았다. 강석에게도, 엄마에게도.

그로부터 이틀 후, 강석이 돌아왔다. 온몸에 상처가 가득했다. 상처투성이가 된 채 돌아온 강석을 보고 나는 정신을 잃어버렸다.

꿈의 세계

내가 벌을 받고 있는 거라면 이유는 무엇일까. 엄마 말을 듣지 않는 못된 딸이라서? 잠든 찬미를 외면하자고 말해 버려서? 엄마를 포기하고 싶다고 생각해 버려서? 불행은 왜 항상 내 곁에 머무를까. 도대체 행복은 어디에 있는 걸까.

강석을 업고 나타난 건 낯선 남자였다. 송주 언니는 그 아저씨를 맥스라고 불렀다. 인천에서 만났던, 깨어난 사람이었다. 강석이 탄 차는 인천을 벗어나던 중 약탈자와 만났다고 했다. 강석은 총상을 입었고 준영과 아저씨도 크게 다쳤다. 맥스가 아저씨 대신 운전을 해 동네로 왔다. 강석은 피를 많이 흘렸으며 열이 났다. 옷을 찢어 응급 처치를 했지만 강석의 팔뚝에선 여전히 피가 새어 나오고 있었다.

준영의 아빠는 어떻게 된 일인지 영문을 몰랐다. 어렵지 않게 배터리를 구했고 돌아가기만 하면 됐다고 했다. 인천은 생각보다 많은 사람들이 깨어났고 그보다 많은 사람들이 죽었다. 죽은 사람의 꺼진 유지 장치에서 배터리를 빼내는 건 그리 어려운 일이 아니었다. 중간에 마주친 사람도 여럿 있었다. 서로를 경계했지만 위협하진 않았다. 하지만 누군가 갑자기 강석에게 달려들었다. 짧지 않은 추격전 끝에 결국 몸싸움을 피할 수 없었고 강석은 일방적으로 당했다. 준영은 더 이상 버틸 수 없다는 생각에 강석을 데리고 있는 힘껏 뛰었다. 차에 타기만 하면 그곳을 벗어날 수 있다고 생각하던 찰나, 총소리가 들렸다.

"피가 아, 안 멈춰요."

준영이 어쩔 줄 몰라 하며 말했다. 강석의 안색은 점점 더 어두워졌다. 강석의 몸은 너무도 뜨거웠다. 나는 약국에서 가져온 약과 붕대를 전부 꺼내 왔다.

"총알을 먼저 빼야 해."

상황을 지켜보던 맥스가 말했다. 맥스는 구급상자에서 소독약과 핀셋을 꺼내 강석에게 다가갔다.

"물 좀 뜨겁게 끓이고 깨끗한 수건 있으면 가져와 봐."

맥스가 우왕좌왕하는 우리에게 지시했다. 송주 언니는 준영과 준영의 아빠를 치료했다. 홍주의 아빠는 집에서 큰 냄비를 가져와 물을 끓였고 여분의 수건을 챙겨 왔다. 나는 윤서와 함께 약국에 갔다. 예전에 미처 챙기지 못했던 약들을 모조리 가방과 옷 주머니에

넣었다. 병원과 연결된 계단을 올라 병원 안에서 쓸 만한 물건도 챙겼다. 칼, 가위, 핀셋, 수술용 장갑 등이었다.

맥스는 병원에서 챙겨 온 도구들을 모두 끓는 물에 소독했다. 그후엔 수술용 장갑을 끼고 강석의 상처 부위에 핀셋을 넣었다. 상처 부위를 건드릴 때마다 강석은 비명을 질렀다. 총알은 다행히 깊이 박히진 않았다. 송주 언니가 계속 수건을 챙겨 왔다. 강석의 몸이 떨리고 있었다. 맥스는 상처 부위에 소독약을 들이부었다. 강석은 발작하듯 몸을 비틀었다.

"꿰매야 하는 거 아닙니까?"

홍주의 아빠가 상처 부위를 가리키며 말했다.

"난 의사가 아닙니다."

맥스는 상처 부위를 깨끗하게 닦고 거즈를 잔뜩 올린 다음 그 위를 붕대로 단단히 감았다. 그러곤 거실에 널브러진 약들 사이에서 항생제를 찾아 강석에게 먹였다.

"정말 감사해요. 아저씨 아니었으면 큰일 났을 거예요."

윤서만 남고 모두 집으로 돌아간 후, 나는 맥스에게 감사 인사를 전했다. 맥스의 옷이 강석의 피로 엉망이었다.

"씻으셔도 돼요. 새 옷도 드릴게요. 배고프시죠? 뭐 좀 드실래요? 씻고 나오시면 바로 해 드릴게요."

"고맙다. 그런데 물어보고 싶은 게 있는데."

"뭔데요?"

맥스가 재킷 안쪽 주머니에서 쪽지를 꺼내 내게 줬다. 쪽지에는 주소가 적혀 있었다.

"이 아파트인 것 같은데, 혹시 최강희라는 애를 아니?"

맥스가 준 종이에 적힌 주소는 우리 집이었다.

"무슨 일인데요?"

내가 대답하기도 전에 윤서가 맥스에게 물었다. 윤서의 목소리가 티 나지 않게 날 서 있었다.

"이 애 아빠가 날 여기로 보냈단다."

"우리 아빠가요?"

나도 모르게 대답이 튀어 나가고 말았다. 윤서는 내 손을 슬쩍 잡아 눈치를 줬다.

"역시 너였구나. 어쩐지 닮았다 했지. 네 아빠가 널 찾고 있다."

맥스의 말이 한 번에 이해되지 않았다. 아빠가 날 찾는다는 말이 도저히 와닿지 않았다.

"아빠가 왜요?"

"그건 나도 모르지. 널 데려오면 내게 보수를 지불하기로 했어. 이미 절반은 받았지. 네가 여기 없을 수도 있다고 했거든. 함께 가지 않을래? 네 아빠는 제법 상황이 괜찮은 편이더구나. 주변에 깨어난 사람도 많고."

"아저씨를 어떻게 믿고요?"

윤서가 말했다. 윤서가 내 손을 더 세게 잡았다.

"믿고 말고는 너희 자유지만 난 거짓말은 안 한다. 선택은 네가 하는 거야."

심장이 빠르게 쿵쾅거렸다. 아빠가 나를 찾는 건 내가 줄곧 바라던 일이었다. 수백 번 뒤돌았던 교문에 아빠가 서 있기를 얼마나 바랐던가. 마음이 쉽게 진정되지 않았다. 이 사람이 내게 거짓말할 이유는 없다. 굳이 나에게 거짓말을 하겠다고 인천에서 여기까지 왔을 리가 없다.

"……고민해 볼게요. 강석이 깨어나기 전까진 아무 데도 못 가요."

"그래. 하지만 오래는 못 기다려. 나도 딸이 있단다. 지금도 날 기다리고 있지. 최대한 빨리 답을 줬으면 좋겠구나."

맥스는 피곤한 듯 기지개를 켜고 화장실에 들어가 씻기 시작했다.

맥스는 당분간 우리 집에 머물기로 했다. 동준이 지냈던 거실 한편이 맥스의 자리가 되었다. 맥스는 매일 강석의 상처를 살폈다. 피는 멎었지만 상처 부위가 부어오르고 열이 떨어지지 않았다.

"강석아, 약 먹어야 해."

나는 강석의 몸을 억지로 일으켜 약을 먹였다. 강석의 몸에선 아무런 힘도 느껴지지 않았다.

"……강희야."

"응, 필요한 거 있어?"

강석은 대답 대신 책상 밑에 있는 배터리를 가리켰다. 강석이 나를 바라봤고 나는 순간 화가 솟구쳤지만 고개를 끄덕였다. 강석은 그제야 안심이 된다는 듯 눈을 감았다.

강석은 며칠 동안 고열에 시달렸다.

"상황이 좋지 않아. 이대로 두면 팔이 썩어 버릴지도 몰라."

강석은 간헐적으로 깨어나 약을 먹었다. 온몸이 불덩이처럼 뜨거웠고 추운 듯 몸을 떨었다. 강석은 참을 수 없는 고통에 신음하다가도 입을 다물고 소리를 삼켰다. 결국 상처에 진물이 나기 시작했다.

"……강희야. 더는 못 참겠어……."

강석은 가능한 한 빨리 팔을 잘라 달라고, 이 끔찍한 고통으로부터 벗어나게 해 달라고 애원했다.

"병원으로 가자. 아리가 지내는 병원에서 수술을 할 수 있을지도 몰라."

동준이 말했다. 병원에는 윤서가 깨운 의사와 간호사가 있었다. 그들이 다시 잠들었을지도 모를 일이었지만 우리에게 선택지는 없었다. 나는 병원에 갈 준비를 했지만 강석이 말렸다.

"넌 맥스 아저씨랑 가."

강석에게선 아무런 힘도 느껴지지 않았다. 며칠 새 강석의 몸이 말라 있었다.

"맥스 아저씨한테 다 들었어. 넌 아빠한테 가."

"너 두고 가긴 어딜 가. 병원 같이 갈 거야."

"가. 나 봐 줄 사람 많아. 준영이네 아빠가 차 주실 거야. 아저씨랑 가."

"내가 어떻게……."

"내가 힘들어. 내가 널 지킬 수 없다고. 내 말뜻 모르겠어?"

강석의 말이 비수처럼 가슴에 꽂혔다.

"내가 널 지키면 되잖아."

내 말에 강석이 작게 웃었다.

"네가 날 어떻게 지킬 건데. 맥스 아저씨를 따라가는 게 날 돕는
거야. ……짐 되지 말고 가. 가서 아빠랑 지내."

"……내가 짐이야?"

"강희야, 제발."

강석이 내게 애원한다. 제발 떠나라고 빈다.

"알았어. 갈게. 가면 되잖아."

"오늘 당장 출발해."

나는 대답도 하지 않고 방을 나갔다. 이제 아무래도 좋다고 생각
했는데, 버림받는 것에는 결코 면역되지 않는다.

*

배낭 하나에 짐을 꾸렸다. 당장 출발하려면 최대한 짐을 간소화
해야 했다.

"정말 가는 거야?"

소식을 들은 홍주가 내 옆을 떠나지 않았다.

"갔다 올 거야. 아빠를 데리고 올게."

홍주는 맥스가 믿을 만한 사람인지를 끊임없이 의심했지만 나를 말리진 않았다. 상황이 좋지 않았다. 나는 강석이 나를 아빠에게 보내려는 것을 이해했다. 준영의 아빠는 염증을 거둬 내면 팔을 절단하지 않아도 된다고 했지만 여전히 몸을 회복하는 데엔 오랜 시간이 걸릴 것이다. 강석은 아빠를 싫어하지만 어쨌든 가족이니까, 아빠는 강석을 지켜 줄 것이다.

"이제 출발하자."

맥스가 먼저 문을 나섰다.

"잠깐만요. 저 엄마 한 번만 보고 나갈게요."

나는 맥스를 먼저 밑으로 내려보내고 엄마에게 갔다. 엄마의 머리맡에는 차갑게 식은 재스민차가 놓여 있었다. 엄마는 무슨 곡을 치고 있을까. 혼자서 평온히 무슨 곡을 연주하고 있는 걸까.

"엄마."

내 말이 엄마에게 닿았으면 좋겠다.

"나 아빠한테 가. 아빠가 나를 찾는대."

엄마는 여전히 평온한 얼굴을 하고 있다. 엄마는 내 말을 듣지 않는다. 다 알고 있는 사실인데도 나는 자꾸 엄마의 표정을 읽으려 한다.

조수석에 앉아 안전벨트를 맸다. 하늘은 맑았고 더 이상 눈이 내리지 않았다.

"자, 갈 길이 멀어. 얼른 출발하자고."

맥스가 천천히 액셀을 밟았다.

"잠깐만요!"

누군가 뒷좌석 창문을 다급히 두드렸다. 맥스는 깜짝 놀라 차를 멈춰 세웠다. 차가 완전히 멈추자 뒷좌석 문을 열고 윤서가 탔다.

"네가 왜 타?"

"어차피 돌아온다며. 맥스 아저씨를 다 믿지도 못하겠고. 같이 다녀오려고."

윤서가 능청맞게 웃었다.

"그럼 이제 진짜 출발한다."

맥스가 운전을 시작했다. 차는 곧 동네를 빠져나가 큰 도로를 달리기 시작했다.

"너도 참 너다. 짐은 안 챙겼어?"

"어차피 금방 올 건데, 뭐. 차 타니까 좋네. 다리도 안 아프고."

윤서는 자동차를 처음 타 보는 아이처럼 시트를 만졌다가 창문을 내리고 올리기를 반복했다.

"그만해. 추워."

"너 좀 긴장돼 보인다?"

"그럼 안 되겠냐?"

아빠를 얼마 만에 보는 건지 기억도 나지 않았다. 아빠를 만나면 무슨 말부터 꺼내야 할지 고민이었다. 왜 이제야 나를 찾은 건지, 왜 진즉 내게 오지 않았는지, 아빠는 왜 잠들지 않았는지, 깨어난 거라면 누가 깨운 건지. 물어보고 싶은 게 너무도 많았다.

도로는 한적했다. 나는 긴장되는 마음을 잠재우려 애썼다. 가방 안에 있는 일기장의 모서리를 만지작거렸다. 일기장엔 온통 아빠에 대한 이야기뿐이다. 오랜 시간 적어 둔 내 모든 말을 아빠에게 전하고 싶다. 아빠가 전부 알았으면 좋겠다. 내가 아빠를 얼마나 기다렸는지, 얼마나 미워했는지. 아빠가 내게 미안해하며 사과하고 끝내 사랑한다고 말해 주면 좋겠다. 그리고 함께 집에 가자는 말에 흔쾌히 고개를 끄덕여 주면 좋겠다.

"이제 거의 다 왔어."

어느새 고속도로를 빠져나와 주택 단지에 들어섰다. 맥스는 정원이 예쁘게 가꿔진 이층집 앞에 차를 세웠다.

"꼭 봄 같아. 원래 이렇게 따뜻했었나?"

포근한 바람이 머리칼을 간지럽혔다. 정원에는 만개한 작은 꽃이 빽빽했다. 이번 겨울은 너무도 혹독했기에 서둘러 봄이 와 주길 바랐다. 어느새 훌쩍 다가온 봄이 눈앞에 있었지만 마음 한편에서 알 수 없는 불안감이 피어올랐다.

"들어가 봐."

맥스의 말에 나는 정원 길을 따라 들어갔다. 온몸을 휘감은 긴장감에 비틀거렸다. 윤서는 내 뒤로 바짝 다가와 내가 넘어지지 않게 팔짱을 꼈다. 문 앞에 다다르자 한 남자가 문을 열고 나왔다. 아빠였다.

"아빠?"

아빠는 내 목소리를 듣자마자 달려와 나를 와락 껴안았다. 익숙한 냄새였다. 절대 잊을 수 없는 냄새였다. 아빠는 한참이나 나를 껴안고 있었다. 아빠가 힘주어 나를 껴안을 때, 나는 왠지 온몸의 힘이 다 빠져나가는 것만 같았다.

"……왜 이제야 날 찾았어?"

아빠는 말없이 내 등을 천천히 토닥였다.

"왜 날 버렸어? 나 버리고도 잘 살았어?"

아빠를 만나면 하고 싶은 말이 많았다. 아픈 말보다는 이제라도 날 찾아 줘서 고맙다고 말하고 싶었다. 난 이제 더 이상 어린애가 아니야. 아빠를 이해할 수 있을 만큼 컸어. 그러니까 지난 일은 다 잊고 다시 가족이 되자. 집으로 돌아가서 원래처럼. 이렇게 말해야 하는데, 나는 여전히 아빠가 떠난 그날 현관에 서 있다. 여전히 두려움과 배신감으로 똘똘 뭉친 어린아이였다.

"미안하다. 정말 미안해."

아빠의 목소리가 떨렸다.

"들어가자. 집에 들어가서 얘기하자. 할 얘기도, 듣고 싶은 얘기도 많아."

아빠의 눈가가 붉었다. 아빠가 운다. 나를 다시 만난 게 기뻐서 눈물을 흘린다. 바보 같은 최강희는 이런 순간을 계속 바라 왔다. 아빠가 더 미안해했으면 좋겠다. 내게 더 사과했으면 좋겠다. 아빠도 나를 그리워했다고, 보고 싶었다고 몇 날 며칠 말해 줬으면 좋겠다. 우리한테 시간은 충분할 테니까. 아빠는 영원히 잠들지 않을 거니까. 여기는 영원히 봄일 테니까. 그 후에 강석에게 돌아가도 괜찮을 테니까. 강석은 수술을 잘 마쳤을까. 강석은 무사할까. 아빠는 강석을 보고 싶어 할까.

"윤서야, 인사해. 우리 아빠야."

뒤에 서 있던 윤서가 쭈뼛쭈뼛 다가왔다.

"안녕하세요. 김윤서라고 해요."

아빠는 대답 없이 웃었다.

"우리 아빠 처음 보지? 집에 사진도 없었으니까."

"이제 들어가자, 강희야. 너 주려고 맛있는 거 만들었어."

아빠가 내 손을 잡아당겼다. 나는 줄곧 아빠가 내 손을 잡아 주길 기다렸다.

"……아빠, 난 집으로 돌아가야 해."

"이제 여기가 집이야. 앞으론 아빠랑 살면 돼."

아빠는 좀 더 강하게 내 손을 잡았지만 나는 아빠의 손을 놨다.

"아빤 그대로야. 하나도 늙지 않았어."

왠지 웃음이 났다. 나는 아빠와 눈을 맞추고 웃었다. 아빠는 영문을 모르겠다는 듯 나를 가만히 바라보기만 했다.

"난 나이 든 아빠의 모습을 모르니까. 그러니까 한 번쯤은 날 찾아와 주지. 그럼 내가 진짜 속았을지도 모르잖아."

나는 뒤돌아 윤서에게 갔다. 눈물을 참을 수 없었다. 윤서는 그저 나를 바라만 봤다.

"강희야."

아빠의 목소리가 부드러웠다. 다정했다. 나는 뒤돌아 아빠를 봤다. 아빠는 여전히 그 자리에 서 있었다.

"뒤돌면 항상 아빠가 있길 바랐어. 지금처럼."

하지만 아빠는 늘 없었다. 교문을 나설 때마다 백 번을 넘게 돌아봐도 아빠는 없었다.

"지금 있잖아. 앞으론 계속 네 곁에 있을게."

아빠가 애걸하듯 말했다.

"아빠, 난 겁쟁이야. 비겁해. 엄마를 버린 건 나였어. 그랬으면서 항상 버림받았다고 생각했어."

"대체 무슨 소릴 하는 거야? 그런 건 다 잊고 아빠랑 행복하면 돼. 이제 그러면 돼."

"버려질 것 같으면 먼저 버렸어. 그게 날 지킬 수 있는 가장 쉬운 길이었어. ……근데 그건 비겁한 거잖아. 이제 더 이상 그러지 않을 거야."

윤서는 아무 말도 보태지 않았다. 나는 윤서를 향해 웃어 보였다.

윤서는 나보다도 더 슬픈 얼굴을 하고 있었다.

내가 밤마다 그리던 아빠. 나를 제일 사랑하는 아빠. 아빠는 없다. 그토록 외면하고 싶었던 진실을 이젠 받아들여야 했다. 눈을 감았다. 눈을 감으니 맺혀 있던 눈물이 떨어졌다. 눈물은 왜 마르지 않을까. 다 울었다고, 이 정도면 충분하다고 생각해도 다시 눈물이 나온다. 봄날의 포근한 바람이 머리칼을 간지럽혔다. 평화로운 오후였다. 내가 그토록 바란 평화였다. 하지만 나는 이제 다 안다. 이 모든 것이 거짓이라는 걸.

봄은 올 것이다. 진짜 봄은 여기처럼 예쁘진 않을 거다. 아주 늦을지도 모른다. 하지만 기다릴 거다. 눈이 녹고 꽃이 피어나기를.

나는 윤서를 봤다. 다시 뒤돌아 아빠가 그 자리에 있음을 확인하고 싶은 충동이 끊이질 않았지만 견뎠다. 윤서의 손을 잡으며 말했다.

"이제 가자. 바깥으로."

우 리 의 세 계

눈을 떴을 땐 윤서가 있었다. 꿈의 세계에서 나를 보던 표정으로 여전히 나를 바라보고 있었다. 배가 고팠다. 뭐라도 입에 넣고 싶었다. 우걱우걱 씹으며 내가 현실로 돌아왔음을 확인하고 싶었다.

나는 세 달 만에 깨어났다. 그사이 봄이 왔고 준영의 엄마와 동혁의 부모님이 깨어났다. 찬미는 여전히 깨어나지 못했다.

눈이 모두 녹아 새싹이 돋아나고 꽃봉오리가 맺혀 있었다. 봄이 오자마자 준영의 아빠는 밭을 일궜다. 올해는 더 많은 것을 해야 한다고 했다.

"어른은 대단한 존재 같아요. 우린 겨우 버티기만 했는데."

홍주의 말에 준영의 아빠가 웃었다.

"너흰 어른에 대해 단단히 오해하고 있어. 어른은 그런 존재가 아니란다."

"그럼 뭔데요?"

"나도 모르지."

아저씨가 아이처럼 웃었다. 정해진 시간을 살아 낸다고 어른이 되는 건 아니었다. 어른이란 말이 아주 멀게 느껴졌다.

어디서부터 꿈이었는지 잘 구분이 되지 않는다. 맥스는 없었다. 강석을 데려온 건 준영과 준영의 아빠였다.

강석은 병원에 있었다. 수술로 오른팔을 절단했다고 한다. 동준이 강석과 함께 지냈고 일주일에 한 번씩 사람들이 번갈아 병원을 오갔다.

몸이 완전히 회복되었을 때, 규성이 찾아왔다. 규성은 전보다 키가 조금 컸고 말라 있었다.

"누나, 나 좀 도와줄래?"

규성이 미소 지으며 말했다. 입은 웃고 있었지만 눈은 울고 있었다. 규성의 할머니가 돌아가셨다. 눈이 녹고 꽃이 피기 시작한 직후였다.

우리는 할머니의 장례를 도왔다. 규성은 눈물을 흘리지 않았다. 뒷산에 햇볕이 가장 잘 드는 땅에 할머니를 묻었다.

"다들 도와주셔서 감사해요."

규성의 감사 인사에 사람들은 규성의 어깨를 토닥이고 돌아갔다. 규성은 할머니의 묘 앞에 앉았고 나는 규성의 곁을 지켰다.

"잠들었었다며."

규성이 말했다. 봄바람에 나뭇잎이 살랑거렸다. 오후 햇살이 따스하게 할머니의 묘를 비추고 있었다.

"꿈속은 내내 봄이더라. 따뜻하고 포근했어. ……하지만 가짜란 걸 알았지."

내 말에 규성이 눈물을 흘렸다. 참았던 눈물이 계속 쏟아졌다.

"할머니도 아셨을까? 그곳이 가짜라는 걸."

나는 아무런 대답도 하지 않았다.

"할머니가 끝까지 몰랐으면 좋겠어. 나는 그거면 됐어."

꿈은 현실에서 겪은 고통을 모르게 했다. 다 잊어버리게 했다. 규성이 할머니를 깨우지 않았던 것처럼 강석도 나를 깨우지 않았다. 내가 다 잊기를 바랐다.

규성도 함께 병원에 가기로 했다.

"우리 집에 있어도 돼."

"아냐. 거기서 아이들을 돌본다고 했지? 나도 가서 도울게. 받아줄진 모르겠지만."

"좋아할 거야. 너도 아직 어린애잖아."

내 말에 규성이 조금 웃었다. 더 이상 자신이 어리지 않다는 걸 이미 알고 있는 것 같았다.

나는 엄마에게 갔다. 강석이 없는 동안 홍주가 엄마를 보살폈다. 엄마는 여전히 평온한 얼굴이었다. 이제 엄마를 봐도 더 이상 화가 나지 않았다. 그저 조금 슬펐다.

"엄마, 거기 진짜 좋더라. 하마터면 계속 있을 뻔했어. 그래서 조금은 엄마를 이해할 수 있을 것 같기도 해. 하지만…… 너무 오래 있진 마. 너무 행복하면 슬퍼져. 가짜를 사랑하면 그렇게 돼."

꿈속에 있는 엄마를 상상해 봤다. 피아노를 연주하고 있는 엄마. 어떤 소음도 없이 내내 피아노를 치고 있는 엄마.

"나, 한 번쯤은 엄마를 버리고 싶었나 봐. 근데 하나도 안 좋더라. 엄청 슬프더라. 생각해 보면 엄마가 날 포기한 적은 없는 것 같아. 나를 외면한 적은 한 번도 없었어."

이젠 다 끝이라고 단언했을 때도 엄마는 나를 놓지 않았다. 우리에겐 끝내 바닥나지 않는 것이 중요했다.

"잘 자고 일어나. 깨어나서 이야기를 나누자. 우리한텐 그런 시간이 부족했던 것 같아."

나는 엄마의 손을 슬며시 잡았다. 앙상하게 마른 몸이 나뭇가지 같았지만 따뜻했다. 나는 이불을 목 끝까지 덮어 주고 방을 나왔다. 문을 반쯤 열어 둔 채였다.

병원엔 아이들이 늘어서 있었다. 아리는 살이 좀 올랐고 머리를 잘랐다.

"언니!"

아리가 나를 발견하곤 달려와 안겼다. 여전히 맑고 활기찼다.

"잘 지냈어? 말썽 안 피웠고?"

"당연하지! 나, 동생도 생겼어. 나도 이제 언니야."

아리가 의기양양하게 웃으며 말했다. 병실에는 아리보다 어린 여자애가 있었다.

"저렇게 어린 애가 어떻게……."

"운이 좋았죠. 음식을 구하러 갔다가 발견했어요. 영양실조에다가 폐렴까지……. 큰일 날 뻔했지만 지금은 건강해요. 다 윤서 씨가 선생님들을 깨워 준 덕분이에요."

희정이 말했다. 희정의 얼굴은 저번에 봤을 때보다 더 밝아져 있었다.

"친구분들이 음식을 나눠 줬어요. 덕분에 아이들이 굶지 않아도 됐고요. 감사해요."

"아녜요. 저희야말로…… 강석이를 치료해 줘서 감사해요."

"제가 한 건 별로 없어요. 아, 강석 씨는 위층 병실에 있어요."

나는 희정의 말에 위층으로 올라갔다. 그 전에 나는 희정에게 규성에 대해 이야기했고 희정은 규성을 흔쾌히 받아 줬다. 낯을 가리는 규성에게 아이들이 달려들자 규성은 속수무책으로 무너지고 말았다.

강석의 병실 앞에서 한참을 서 있었다. 나는 여전히 문을 여는 게 두려웠다. 문을 열면 여전히 끔찍한 장면을 마주할 것만 같았다. 하지만 나는 문을 열어야 했다. 더 이상 도망치고 싶지 않았다.

문을 열자 강석이 침대에 앉아 있었다. 강석은 나를 보자마자 얼어붙기라도 한 듯 멈춰 섰다. 그러곤 이내 눈물을 쏟아 냈다.

"네가 왜 울어."

나는 강석을 안았다. 강석의 오른 팔꿈치 밑으로 소매가 헐렁하게 나풀거렸다. 우리는 한참이나 부둥켜안고 울었다. 참고 있던 모든 것을 쏟아 냈다.

"아팠지."

나는 강석의 오른팔을 힐끔 쳐다봤다.

"아직도 오른손이 있는 것 같아. 눈을 감고 주먹을 쥐면 오른손에도 힘이 들어가는 것 같아."

강석이 왼손을 쥐었다 피며 말했다. 강석이 움직일 때마다 오른팔 소매도 함께 흔들렸다.

"……나 안 미워?"

강석은 내게 아무것도 묻지 않았다. 그저 하루 잘 자고 일어난 것처럼, 우리에게 아무 일도 일어나지 않은 것처럼 굴었다.

"내가 왜. 다 잘 됐잖아. 다 잘 지나갔어."

"……미안해."

나는 강석을 버렸다. 강석을 두고 혼자 꿈의 세계로 가 버렸다. 다 잊고 싶어서, 다 모른 척하고 싶어서. 모든 고통으로부터 도망치기 위해서 강석을 버렸다. 하지만 강석은 여전히 제자리에 있다. 나는 강석에게 결코 고맙다는 말을 하지 못할 것이다.

"그냥…… 웃자. 지금 우리한텐 그게 제일 필요할지도 몰라."

강석이 미소 지었다. 나는 강석을 따라 입꼬리를 올려 봤지만 작은 경련이 일었다. 그 모습에 강석은 웃음을 터트렸고 나도 모르게 함께 웃어 버리고 말았다.

밤이 깊어 가고 있었다. 하지만 누구도 잠들지 않았다.

*

"여기 남겠다고?"

강석이 얼빠진 얼굴로 내게 물었다. 당황하기는 동준도 마찬가지였다.

"누나, 나 때문이라면……."

"아냐, 그런 거."

규성이 걱정스러운 얼굴로 안절부절못했다.

"여기 오기 전부터 생각한 거야. 깨어난 어른들은 자꾸 우릴 지키려고 해. 하지만 우리도 할 수 있는 게 있잖아."

"하지만……."

"집을 완전히 나가겠다는 게 아니야. 여긴 병원이고, 앞으로 아픈 사람이 있으면 도움을 줄 수 있어. 다른 아이들을 돌볼 수도 있고. 운전도 배울게. 차를 구하면 집에 자주 갈 수 있을 거야."

단호한 내 말에 강석은 더 이상 아무 말도 하지 않았다. 왠지 머리가 맑아지는 기분이 들었다. 꿈의 세계에 다녀오고 깨달은 게 있다. 꿈의 세계는 멈춰 있지만 바깥세상은 계속 흘러간다.

아리를 처음 봤을 때부터 마음 한편이 불편했다. 단순히 아이를 돌봐야 한다는 부채감 때문이라고 생각했지만 아니었다. 아리가 앞으로 어떤 삶을 살아갈지 걱정이 되기 때문이었다.

"엄마를 부탁해. ……깨어나면 바로 알려 줘. 알겠지?"

내 말에 강석이 고개를 끄덕였다. 오늘부터 우린 처음으로 떨어져 지내게 되겠지만 걱정이나 두려운 마음이 전혀 들지 않았다.

나는 병원 사람들과 인사를 나누고 함께 지낼 때 지켜야 하는 규칙에 대해 들었다. 아이들이 있다 보니 더욱 엄격한 규칙이 필요했다. 음식을 구하는 시기를 정하고 얼마큼 배식할 것인지도 함께 논의했다.

시간은 점점 더 빠르게 흐를 것이다. 우린 변화된 삶에 적응할 것이다. 가끔 괴로운 일을 겪을지도 모른다. 하지만 우린 계속 깨어 있을 것이다. 꿈의 목소리에 잠식되지 않을 것이다.

"누나, 다시 예전처럼 지낼 수 있을까?"

규성이 말했다.

"오래 걸려도 그렇게 되지 않을까? 그렇게 되게 해야지, 우리가."

행복과 불행이 항상 같은 곳에 있는 게 화가 났다. 그래서 나는 온전히 행복할 수도, 온전히 불행할 수도 없었다. 애초에 행복과 불행은 같은 것일지도 모른다. 조금 더 믿으면 행복이 되고, 조금 덜 믿으면 불행이 되는 걸지도 모른다.

"우리가 어른이 될 수 있을까?"

규성은 숨기려 노력했지만 여전히 불안해 보였다. 나는 준영 아빠의 말을 떠올렸다. 아저씨도 어른이 무엇인지 정확히 알지 못했다. 예전엔 서둘러 어른이 되고 싶었다. 당장 어른이 되고만 싶었다. 그러나 아이가 없으면 어른도 없다. 아이인 시절을 잘 보내야만 어른으로 가는 길을 알 수 있다. 나는 그 길을 믿어 보기로 했다. 우리가 잠들지 않는 어른으로 자랄 수 있음을 믿기로 했다.

어른들이 긴 겨울잠을 끝내고 서서히 몸을 일으키고 있다. 오래 걸렸지만, 중간에 길을 잃어버리기도 했지만 천천히 돌아오고 있다. 오늘이 끝나지 않을 것 같아도 내일은 올 것이다. 언젠간 다들 깨어나 푹 잤다고, 좋은 꿈을 꾸었다고 말할 날이 올 것이다.

나는 더 이상 아빠에게 편지를 쓰지 않는다. 아빠에게 일기장을 보여 주는 상상도 하지 않는다. 그럴듯한 가짜 세계를 헤매는 일도 바라지 않는다. 나는 이제 엄마를 기다린다. 엄마가 깨어나면 물을 것이다. 나를 사랑하느냐고. 화를 내지 않고 끝까지 들을 것이다. 그래서 결국 '우리'가 되어 볼 것이다.

날이 밝았다. 영원히 오지 않을 것 같던 봄이 문 앞에 있다.

어느 봄날

윤서의 이야기

　강희가 병원에서 돌아오지 않았다. 병원에서 아이들을 돌보고 싶다고 했다. 서운하지는 않았다. 강희는 늘 자신이 해야 할 일을 찾고 싶어 했으니까.

　어느 날은 어른이 다섯이나 깨어났다. 꿈을 꾸는 것도 질린 건지, 우수수 깨어났다가 며칠 되지 않아 다시 잠들기도 했다.

　우리는 일 년 만에 이 상황이 오래 지속될 수도 있음을 인정했다. 이제 마냥 기다리지 않기로 했다. 준영의 아빠가 봄에 뿌려 둔 씨앗이 싹을 트고 여름엔 감자를 수확하기도 했다. 우린 음식 창고를 만들었고 지키는 사람과 찾는 사람의 역할을 나누고 교대했다. 동준은 강희와 함께 병원에서 아이들을 돌봤고 준영과 동혁은 사람들에게 수액을 배달해 주는 기사가 되었다.

　나를 찾아오는 사람도 더러 있었다. 소문이 난 것인지 옆 동네나 다른 지역에서 나를 찾아왔다. 그럴 때마다 강석과 어른들이 함께 가 줬다. 수면자를 깨우는 걸 못마땅해하는 약탈자가 생각보다 많았다. 그들은 나를 표적으로 삼아 공격하기도 하고 협박하기도 했다. 우린 싸우는 것보다 도망치는 걸 택했다. 불필요한 싸움을 피하며 에너지를 아꼈다. 강석은 팔이 하나 없는 삶에 익숙해졌다. 오른손잡이였던 강석이 단숨에 왼손잡이가 될 수는 없지만 점차 왼손을 쓰는 것에 익숙해질 것이다.

꿈속에서 강희의 어머니를 만났다. 어머니는 웬일인지 울고 계셨다. 강희의 목소리를 들었다고 했다. 하지만 도저히 깨어날 용기를 낼 수 없다고 했다. 나는 그런 어머니에게 강희와 강석이는 언제고 기다릴 거라고 말했다. 둘은 변화한 삶에 잘 적응 중이고, 어머니가 깨어날 수 있음을 믿고 있다고. 그러니 포기하지 말아 달라고 말했다.

"강희한테 미안하다고 전해 줄래?"

나는 어머니의 부탁을 거절했다. 그건 어머니만이 할 수 있는 말이라고 했다. 나는 강희와 강석에게 어머니와 대화했다고 말하지 않았다. 기쁜 일이었지만 나는 이제 섣불리 희망을 심지 않는다.

꿈속을 달리던 중, 누군가와 마주쳤다. 같은 자각몽을 꾸는 사람이었다. 그 사람도 수면자를 깨우기 위해 꿈속을 헤매던 중이었다. 꿈의 세계를 자유롭게 오갈 수 있는 사람을 더 만날 수 있었다. 대부분이 가족이 세상을 떠나면서 자각몽을 꿀 수 있음을 인지했다고 한다. 모두가 견딜 수 없는 슬픔으로 꿈의 세계를 다녀왔다.

자각몽을 꾸는 사람이 더 있다는 소식을 들은 강희와 홍주는 기뻐했다. 더 이상 혼자 외롭게 꿈속을 뛰어다니지 않아도 되어 다행이라고. 병원에서 지내는 강희는 편안해 보였다. 간혹 강석과 엄마의 안부를 물었고 약을 보냈다. 모두가 자기의 자리에서 안정을 찾고 있었다.

나는 남몰래 꿈의 세계에 가는 걸 그만두기로 했다. 꿈속에서 엄마 아빠를 찾는 걸 관두기로 했다. 나는 더 이상 슬픔에 잠식되지 않는다.

사람들과 상의해서 기록을 남겨 두기로 했다. 앞으로 어른들이 깨어날 수도, 더 많은 사람들이 잠들 수도 있다. 우리는 이제 탓하는 것은 관두고 앞으로 다가올 어떤 일에도 당황하지 않기로 했다. 나아가기로 했다. 우린 어른이 되었다. 모두 어른이 되는 걸 조금씩 두려워했지만 뒷걸음질 치지 않았다. 나처럼 자각몽, 루시드 드림을 꾸는 이들은 다른 사람들에게 안심을 줬다. 잠들게 되더라도 우리를 기억하라고. 언제든 우리가 당신을 깨울 테니 단잠을 자도 좋다고. 너무 두려워하지 말라고.

오늘 처음으로 꿈의 세계에 대해 기록한다. 이것은 끝내 무사히 돌아온 우리의 이야기다.

꿈은 때때로 진짜보다 더 진짜 같습니다. 마음 깊은 곳에 가라 앉은 진심을 전하거나 하고 싶은 행동을 가감 없이 실행하곤 하죠. 『루시드 드림』은 언젠가 꾸었던 달콤한 꿈에서 시작되었습니다. 너무나 좋았던 나머지 계속 잠들고 싶다가도 이대로 영원히 꿈속에 있는 게 좋은 일일까, 정말 무서운 일은 아닐까 고민했습니다.

『루시드 드림』을 쓰면서 고등학생 시절 책상에 가만히 앉아 있는 제가 자주 떠올랐습니다. 어떤 선택이 옳은지, 어떤 길을 가야 할지 막막하기만 했던 때가 있었습니다. 누구의 조언도, 위로도 내게 닿지 않았고 혼자 모든 걸 결정해야 한다는 강박에 시달렸을 무렵 꼭 글을 쓰는 사람이 되어야겠다고 다짐했습니다. 『루시드 드림』은 그때의 저에게 전해 주고 싶은 이야기입니다. 가끔 딴 길에 들어서더라도 끝내 돌아올 수 있다고. 길을 헤매는 건 누구의 잘못도 아니라고.

지난 몇 달이 쏜살같이 지나간 것 같습니다. 부족한 이야기를 함께 완성해 주신 김준성, 김영선 편집자님께 한 권의 책을 만들어 가는 즐거움을 가르쳐 주셔서 감사하다고 전하고 싶습니다. 서랍 속의 이야기가 세상으로 나올 수 있도록 지지해 준 심사위원분들과 독자분들께도 꾹꾹 눌러쓴 감사의 말을 전합니다. 첫 독자가 되어 준 다빈과 으뜸, 응원을 아끼지 않은 경태, 열경, 수진에게, 주저앉을 때마다 일으켜 준 지우와 영원함을 함께 알아 가는 현정과 수연에게 언제나 곁에 있어서 줘서 고맙다는 말을 남겨 두고 싶습니다. 그리고 사랑하는 아빠. 마음 놓고 까불거릴 수 있도록 든든한 뒷배가 되어 주는 아빠께 막내딸이 드디어 작가가 되었다고, 당신의 자랑이 더 이상 거짓이 아니라고 전하고 싶습니다.

책 속에 '조금 더 믿으면 행복이 되고, 조금 덜 믿으면 불행이 된다'라는 말이 있습니다. 이 글을 읽는 모두가 아주 조금 더 믿는 사람이 될 수 있으면 좋겠습니다. 함께 봄을 기다리는 사람이 될 수 있기를, 미워하는 날보다 사랑하는 날이 더 많아지기를 바랍니다.

2024년 가을
같은 곳을 바라보며
강은지

창비청소년문학 130
루시드 드림

초판 1쇄 발행 | 2024년 10월 25일

지은이 | 강은지
펴낸이 | 염종선
책임편집 | 김준성
조판 | 신혜원
펴낸곳 | (주)창비
등록 | 1986년 8월 5일 제85호
주소 | 10881 경기도 파주시 회동길 184
전화 | 031-955-3333
팩스 | 영업 031-955-3399 편집 031-955-3400
홈페이지 | www.changbi.com
전자우편 | ya@changbi.com

ⓒ 강은지 2024
ISBN 978-89-364-5730-3 43810